Tanguy Viel
Selbstjustiz

AF197077

Tanguy Viel
Selbstjustiz
Roman

Aus dem Französischen von
Hinrich Schmidt-Henkel

Verlag Klaus Wagenbach   Berlin

Die französische Originalausgabe erschien 2017 unter dem Titel *Article 353 du code pénal* bei Les Éditions de Minuit in Paris, die deutsche Erstausgabe 2017 bei Wagenbach im Quart*buch*.

Dieses Buch erscheint im Rahmen des Förderprogramms des Institut français und des französischen Außenministeriums, vertreten durch die Kulturabteilung der Französischen Botschaft in Berlin.

Wagenbachs Taschenbuch 804
2. Auflage 2021

© 2017 Les Éditions de Minuit
© 2017, 2018 für die deutsche Ausgabe:
Verlag Klaus Wagenbach
Emser Straße 40/41, 10719 Berlin   www.wagenbach.de
Umschlaggestaltung Denise Sterr unter Verwendung
des Gemäldes »Untitled Surface 3« © Kristian Touborg.
Autorenfoto: © Roland Allard. Gesetzt aus der Baskerville.
Gedruckt und gebunden bei Art-Druk, Szczecin. Printed
in Poland. Alle Rechte vorbehalten

ISBN: 978 3 8031 2804 1

Auf keinem Meer der Welt, nicht einmal derart nah an der Küste, findet ein Mann sich gerne vollkommen bekleidet urplötzlich im Wasser wieder – die Überraschung für den Körper angesichts des unvermittelten Wechsels der Elemente, wo derselbe Mann eben noch plaudernd auf einer Bank im Boot saß, seine Angelleinen auf dem Achterdeck vorbereitete, und einen Augenblick später, schau an, eine andere Welt, literweise Salzwasser, starr vor Kälte und dazu noch das Gewicht der Kleidung, das am Schwimmen hindert.

Der Motor tuckerte im Leerlauf, die Wellen tätschelten den Bootsrumpf nur ein wenig, fern die kleinen Felseninseln, die das Meer bald wieder teilweise bedecken würde, dazu die Seeschwalben oder Möwen, die über meinem Kopf kreisten wie in der Nähe eines Fischkutters, aus Gewohnheit neugierig darauf, was man in die Fischerboote hochholt, in diesem Fall einen Hummer und zwei Taschenkrebse, sie befanden sich in der Reuse, die wir an Bord hissten, gemeinsam über die Reling hoben – denn in diesem Moment waren wir noch zu zweit, holten gemeinsam die Reuse ein wie zwei alte

Freunde, hätte man glauben mögen, sahen schon die Taschenkrebse gegen das Drahtgitter zappeln, als wir die schwere Reuse da hinstellten, ganz hinten im Cockpit. Er selbst holte den Hummer heraus und warf ihn in den Eimer, schwungvoll genug, dass ihn die Zangen nicht erwischten, die jetzt an den Plastikrändern schabten, er, stolz wie Artaban, dass er einen Hummer gefangen hatte, er sagte zu mir: Kermeur, das ist mein erster Hummer, den schenke ich Ihnen.

Ich könnte heute nicht mehr sagen, ob es an diesem Satz lag oder an einem anderen, ich weiß nur, kurz darauf sah ich zu, wie er mit seinen schweren Armen auf das Meer einschlug, der Schaum, den er herumschaufelte, ließ mich gleichgültig. Vielleicht hielt er es noch für einen schlechten Scherz. Vielleicht dachte er noch, er könne zu einem Felsen gelangen, vielleicht zu einem, der bei Ebbe auftauchte. Sogar die Seeschwalben mit ihrem Lachen schienen das zu denken – sie saßen auf den scharfen Graten einiger ferner Felsen, die den Horizont zerrissen, als fänden sie normal, was da vorging, ich meine, ein Typ, ins kalte Wasser gefallen, der mühsam versuchte, in Kleidern zu schwimmen, der keuchend immer wieder meinen Namen rief, damit ich ihm zu Hilfe kam: Kermeur, Scheiße, kommen Sie, Kermeur, was soll der Scheiß. Und er benutzte noch Wörter wie »verdammt noch mal«, »sind Sie wahnsinnig«, »das können Sie nicht tun«, offenbar dachte er, damit könne er mich umstimmen. Aber nein, das kam natürlich nicht in Frage. Und ich spürte schon, sogar die Möwen, weiß und kalt wie Krankenschwestern, die niemals zwinkern, sogar die Möwen teilten diese Ansicht.

Wenn man wirklich wissen wollte, was in jenem Moment passiert war, müsste man vielleicht, so habe ich später gedacht, eine Möwe fragen. Dann ging ich in die Führerkabine und schob den Gashebel vor, allein jetzt am Steuer eines 30-Fuß-Merry-Fisher, als lenkte ich mein eigenes Boot vom Ledersitz hinter der salzig beschlagenen Scheibe aus, zu meinen Füßen die in ihr Schicksal ergebenen Taschenkrebse. Von außen sah das sicher aus, als wäre ich ein alter Fischer bei seiner täglichen Ausfahrt, von Natur aus schweigsam, mit gemessenen Bewegungen, hinter mir die lärmende Kielwelle, die seine Schreie übertönte. Also schob ich den Hebel noch etwas weiter vor, 400 PS ließen uns davonschießen, das Boot und mich, sodass ich die fünf Meilen bis zum Hafen nach knapp einer Viertelstunde zurückgelegt hatte. Fünf Meilen, klare Sache, das schafft man nicht schwimmend, schon gar nicht, wenn das Wasser so kalt ist wie an unserer Küste im Juni, und außerdem, fünf Seemeilen, das sind doch rund neun Kilometer.

Ich legte an derselben Stelle an, wo wir das Boot eine Stunde zuvor bestiegen hatten, Ponton A, Liegeplatz 93. Da niemand im Hafen war oder so gut wie, tat ich, als ob nichts wäre, vertäute das Boot, als wäre es meins, stieg über die metallene Gangway auf den Kai, und dann ging ich über den Parkplatz zu meinem Wagen. Ganz sicher hat irgendjemand hinter einem Fenster oder einem Vorhang, ganz sicher hat jemand mich beobachtet. Ich weiß noch, ich dachte in meinem Wagen, dass alles in diesem Moment mit schwarzer Tinte in ein Auge eingeschrieben wurde.

Als ein paar Stunden später die Polizei bei mir klingelte, nein, da war ich nicht überrascht. Ich hätte nicht sagen können, ob es Streifenbeamte waren oder schon die Kripo, ich weiß nur, sie waren zu viert, zwei Uniformierte vor der Tür, zwei kaum diskretere im Mannschaftswagen unten in der Einfahrt. Wahrscheinlich bin ich in tiefster Seele schuldbewusst genug, dass es mich nicht überrascht, wenn das Gesetz wie ein Bussard über mich kommt und mir schon seine Klauen in die Schultern bohrt. Und im Nachhinein denke ich, selbst wenn ich sie von ferne hätte kommen sehen, selbst wenn ich ihren Weg die Straße heran mit dem Fernglas verfolgt und begriffen hätte, dass sie kamen, um mich zu holen, ich hätte nichts anderes getan. Selbst wenn sie mich seit dem Morgengrauen verfolgt hätten, hätte ich mich ebenso verhalten, hätte Antoine Lazenec ins Wasser geworfen, das Boot wieder an seinem Platz vertäut, wäre dem Kanal zum Jachthafen gefolgt, hätte die grünen und roten Bojen beachtet wie Eisenbahnsignale, und immer diese Möwe hinten auf dem Boot, die vielleicht darauf wartete, dass ich sie bezahlte, um zu verschwinden. Diese Möwe, sie schien mit ihrem lidlosen runden Auge darauf zu bestehen, dass sie ein Teil der Geschichte wurde, wie ein unbestechlicher Zeuge, der vor sämtlichen Gerichten der Welt aufzutreten bereit war. Ich wollte ihr sogar sagen, dass ich freiwillig dorthin gehen würde, vor Gericht, dass ich nicht beabsichtigte, mich dem Gesetz zu entziehen. Ich wollte zu ihr sagen: Ich bin auch eine Möwe, auch ich sause über dem Wasser dahin, ich spüre genau, dass ich nicht mehr wirklich aus Fleisch und Blut bin, sondern über dem Meer und dem

Boden dahinfliege, über dem Hafen, und ich bin eine Möwe, jawohl, ich bin eine Möwe im Dunst des Hafens, und ich sehe die Stadt sich abzeichnen, sie scheint in einer Sprache geschrieben zu sein, die ich nicht verstehe, einem Alphabet aus wiederaufgebauten Häusern und offenen Fenstern, nur an den Rändern kann ich die Bruchstücke erkennen, die übrig geblieben sind. Ja, ich bin eine Möwe, und auch ich warte auf die Morgendämmerung, darauf, dass die Leute ihren Müll auf die Straße stellen, denn die Leute hier haben begriffen, dass man seinen Müll nicht nachtsüber draußen stehenlassen kann, dass man seinen Müll nicht in eine Plastiktüte tun und einfach vor die Tür stellen kann, nein, den Müll muss man die ganze Nacht drinnen behalten, nahe dem Bett, wenn man sicher sein will, dass keine Möwe ihn plündert. Man muss mit dem Geruch seines Mülls leben, dem Geruch aller hergestellten und vertrauten und weggeworfenen Dinge, die neben einem verfaulen bis zum Morgen – das ist der Preis für die Möwen in unserer Gegend.

Und alles, die Polizei, die Verhaftung, alles lief in größter Ruhe. Sie sagten die Sprüche auf, die man bei solchen Gelegenheiten verwendet. Ich nahm meinen Mantel vom Haken neben der Tür und folgte ihnen ohne ein Wort. Ich glaube, es war in diesem Moment, dass es ein wenig zu regnen begann, so ein Nieselregen ohne Wind, der unhörbar den Boden berührt und dadurch, wie er die Atmosphäre durchdringt, sogar die Luft in eine Art seltsame Sanftheit hüllt, als würde er sie zum Schweigen bringen. Und während ich also den Polizisten meine Handgelenke hinhielt, als ob auch das eine alte Gewohnheit wäre, da warf ich einen letzten Blick um mich herum, auf die geschundene Erde, das Meer schräg unten. Ich dachte, von nun an würde ich genug Zeit haben, um es zu betrachten, das Meer, vom Fenster meiner Zelle aus. Dann schoben die beiden Polizisten mich hinten in den Mannschaftswagen, auf die Plastikbank, die an das Wellblech genietet war. Ja, ich erinnere mich, in dem unbequemen Lieferwagen, der bei der Fahrt über die Brücke bei jedem Schlagloch hüpfte, denn die Fahrbahn war vom Gewicht der Anhänger mit den zehn Tonnen wiegenden Booten zermürbt, beim Blick aus dem Rückfenster, das den Sprühregen empfing, da wirkte es, als versuchte der Himmel, durch die Vergitterung zu dringen, um auch sich selbst in Sicherheit zu bringen, es war, als hätte man einen Tüllvorhang, der unserer Geschichte ähnelte, über die Stadt gelegt, ja, das ähnelt unserer Geschichte, sagte ich zum Richter, das ist weder Nebel noch Wind, sondern ganz einfach ein unzerreißbarer Vorhang, der uns von den Dingen trennt.

I

Sie sind also allein zurückgekommen, sagte der Richter.

Ja, wir waren zu zweit, und dann, ja, dann bin ich allein zurückgekommen.

Also wissen Sie, warum Sie hier sind.

Ja.

Die Leiche wurde heute früh gefunden.

Ich weiß.

Am besten, sagte der Richter, gehen wir alles von vorn durch, und er ließ nicht erkennen, ob das eher eine Drohung sein sollte oder eine letzte Chance, die er mir bot – mir auf dem Holzstuhl ihm gegenüber, etwas niedriger als der Eichen- oder Ahorntisch, der ihn ein wenig zu erhöhen schien, hier auf den fünfzehn Quadratmetern, auf denen wir uns im Gerichtsgebäude mit den so verwitterten Mauern aufhielten, am Ende eines dunklen Flurs.

Noch fuhr mir die Seeluft durch die Gedanken, es war, als wären die Fenster weit geöffnet, und meine Ideen – nein, es waren keine Ideen, Bilder vielleicht, die aber jetzt stärker wirbelten als der Wind in einem Schleiertuch, als wäre ich ein von den Launen der Luft getriebener Kormoran und würde über dem Meer nach dem kleinsten Schatten, dem kleinsten Aufblitzen suchen, das mir erlaubte, hinabzutauchen und etwas herauszuholen, egal was, Hauptsache, es half mir, irgendwo anzufangen – etwas, das unter Wasser schimmerte wie die Schuppen eines Fisches.

Kann mir nicht wer die Handschellen abnehmen, sagte ich. Ich kann nicht reden, wenn ich die Hände nicht frei hab.

Der Richter seufzte etwas betont, so ein Seufzen im Sinne von »ich sollte das nicht tun, aber bitte«, und er gab dem Polizisten hinter mir einen Wink, von wegen na gut, er solle mir die Handschellen abnehmen. Für einen Richter fehlte ihm die Herablassung oder Härte oder das ganze Gehabe, das ich erwartet hatte, also ich meine, ein grauer Bart oder der Bauchansatz eines Vierzigjährigen, nein, dieser Richter hier war allerhöchstens dreißig, und er wirkte ganz, als wollte er mir gern zuhören. Ich dachte, er könnte mein Sohn sein und dass es in gewisser Hinsicht besser wäre, er wäre es tatsächlich, wenn man an Erwans Lage in dem Moment dachte – ja, Erwan, so heißt mein Sohn –, an die Zelle von drei mal drei Metern, von der aus er wahrscheinlich über die Stadt blickte, denn es gibt auch das in dieser Geschichte, Erwans Dummheiten.

Ich rieb mir ein wenig die Handgelenke, damit sie weniger wehtaten, und mied dabei den Blick des Beamten, denn der sollte nicht denken, ich wäre unverschämt oder stolz, denn nein, stolz war ich auf überhaupt nichts. Und während die Tür sacht zuklappte, breitete der Richter die Arme aus wie ein Evangelist und forderte mich zum Reden auf. Im Raum hing der Geruch von frischer Farbe, von so einer neutralen, eher grauen Farbe, mit der man gern Büroräume auskleidet, um vergessen zu machen, wie alt sie sind. Es war irgendwie eine seltsame Mischung, als ob sämtliche Ungerechtigkeiten der ganzen Stadt sich hier befänden, seit Jahrhunderten, und jetzt unter diesem neuen Anstrich in der Falle säßen, gefangen für lange. Und ich sage nicht, dass ich in dem Moment entspannt gewesen wäre, aber zum ersten Mal seit Monaten fühlte ich mich sozusagen am rechten Ort. Und übrigens, vielleicht wegen meiner festen Stimme oder weil ich mich in seinem Büro so wohlzufühlen schien, lehnte sich der Richter in seinem Sessel zurück und atmete genüsslicher, als wollte er mir sagen, aber jetzt, ja jetzt verlasse er sich auf mich wie auf seine Strafprozessordnung, und er wiederholte nur: Von Anfang an, Monsieur Kermeur, von Anfang an.

Und er sah aus, als hätte er alle Zeit der Welt, als würde er denken, wenn das jetzt zwei Wochen lang dauert, dann nimmt er sich die, einfach um irgendeinen ihm verborgenen Mechanismus dieser Geschichte zu begreifen, und ich sagte:

Eine vulgäre Betrugsgeschichte, Herr Richter, mehr nicht.

Und zum ersten Mal spürte ich die ganze Angelegenheit in einer einzigen Bewegung, als hätte ich sie, indem ich das sagte, vom Mond aus fotografiert und würde einen Planeten sehen, in seine großen blauen Flächen eingefasst.

Eine vulgäre Betrugsgeschichte, sagte ich noch einmal und senkte den Blick auf die Fläche des Schreibtischs, legte eine Hand flach darauf, halb war sie von den Dutzenden Aktenordnern auf der ledernen Schreibunterlage verdeckt, und auf vielen davon stand ja schon »Lazenec-Affäre«.

Diese Sorte Mensch, sagte ich zum Richter, so einen hätte man, wären wir in einem Dorf in den Bergen oder sagen wir eher im Wilden Westen vor hundert Jahren, den hätte man sicher kommen sehen, vielleicht zu Fuß beim Betreten der Stadt oder zu Pferde, wie er am Anfang der Hauptstraße stehen bleibt, vom Postamt oder dem Saloon aus hätte man den jedenfalls gesehen, und dann hätte man auch bald gewusst, mit was für einer Sorte man es da zu tun hatte. Und Sie, sagte ich zum Richter, vor hundert Jahren, da wären Sie vielleicht eher Sheriff gewesen, in der Tasche nicht Ihr auswendig gelerntes Strafgesetzbuch, sondern ein Revolver oder so was in der Art, weil damals Recht und Gewalt noch nicht vollkommen getrennt waren, falls man sagen kann, dass sie das mittlerweile sind, und falls man sagen kann, dass das tatsächlich so gut ist, weil mittlerweile Gewalt und auch Brutalität sehr gut gelernt haben, wie man sich verkleidet.

Wir aber haben ihn nicht kommen sehen. Wir haben ihn eher wachsen sehen, wie einen Pilz am Fuße eines Baums, der erst mal eine ordentliche Größe erreicht haben muss, bevor man etwas sehen kann. Und ich behaupte nicht, dass vor ihm hier völlige Friedhofsruhe geherrscht hätte, aber man kann doch sagen, dass in dieser Gegend, also ich behaupte nicht, auf der ganzen Welt, aber doch in dieser Gegend hier, über die schon zwanzig Jahre lang nichts mehr im Fernsehen gekommen ist, dass hier die Dinge schon eine geraume Weile ihren geregelten Gang gegangen sind, wo in den Zeitungen und am Kneipentresen natürlich genug Stoff da war, dass man etwas zu reden hatte, aber doch nicht so, dass man das Gefühl hatte, ein Gerücht würde sich jedes Einzelnen bemächtigen, ein Gerücht würde anschwellen und, das ist das Schlimmste, zerfließen, bis irgendwann keiner mehr als irgendein anderer das Recht hätte, es weiterzutragen. Eher hat da eine Art Hintergrundgeräusch geherrscht, das sanft heranwehte mit Molekülen, die irgendwann über einen jeden von uns herabregneten, ohne dass einer sich schuldiger oder betroffener gefühlt hätte als die anderen, oder befugter, es weiterzuerzählen, aber auch ohne dass einer sich versagt hätte, seinen Senf dazuzugeben, seine Anekdote oder irgendwann auch sein Urteil, wenn denn jeder Satz diesen Mann wirksamer begraben kann, was wir uns alle seit Langem wünschten.

Nein. Nicht alle. Sonst, sagte ich zum Richter, hätte er nicht so sein Wesen treiben können, ohne dass man je erfuhr, wer ihn tatsächlich unterstützte. Und mir kommt die Aufgabe, die ganze Geschichte zu erzählen, auch nur mit ein wenig mehr Berechtigung zu, weil unter meinen Fenstern vielleicht mehr Scherben gelandet sind als unter denen meiner Mitbürger, wie Glassplitter, die ein lokaler Wind aufgeweht und meistens bei mir wieder abgeladen hätte, wie man gewissen Leuten einen Säugling vor die Tür legt.

Aber wenn man bedenkt, wie lange sich die Gerichte schon für den Fall dieses Mannes hätten interessieren müssen, sagte ich zum Richter, dann bin ich nichts als eine Knospe ganz am Ende eines schon sehr langen Zweiges, eine Knospe, kaum sichtbar in einer Dämmerung, die so neblig ist wie die Londoner Straßen an einem Novembermorgen, wenn ich dran denke, dass England uns hier in Sachen Nebel nicht viel vormachen kann. Vielleicht kann darum auch einer wie er hier so aufkreuzen, mit einem derart grundsoliden Gesichtsausdruck, mit irgendwie rechtwinkligen Sätzen, der derart stabil auf dem feuchten Boden steht und etwas an sich hat wie eine ausgestreckte Hand, die uns mit all ihrer Energie und Veränderungsgedanken, mit ihren Plänen aus dem Wasser ziehen will.

Denn das hatte er, Pläne. Da sehen Sie schon, von was für einer Sorte der war, sagte ich zum Richter, einer mit Plänen.

Und ich kann Ihnen sagen, hier bei uns hat man dieses Wort in den letzten Jahren nicht gerade häufig gehört, vielleicht angesichts der herrschenden Zustände, der fünftausend Einwohner, die unserer Halbinsel ein wenig überdrüssig waren, ich weiß ja nicht, ob hier schlimmer als sonst wo, aber man konnte das schon lange spüren, die auf der Uferstraße lastenden Launen des Himmels, dort auf den Küstenpfaden, in den Gassen der Altstadt und bis hinein in die Sitzungen des Gemeinderats konnte man es spüren, eine Ermüdung.

Da braucht dann vielleicht nur ein Typ mit genug Energie aufzukreuzen, mit einem Scheckbuch, das deutlich dicker ist als das der meisten anderen, und schon denken alle, das ist der Gesandte wer weiß welchen Gottes, der zieht uns aus dem Sumpf. Jedenfalls scheint das so gelaufen zu sein an dem Tag, als er auf der Halbinsel auftauchte mit dieser an sich so schlichten Idee, das Schloss zu kaufen mitsamt dem Park drum herum, es ist ein wenig so, als hätte er den Scheck an jenem Tag nicht allein ausgestellt, sondern wir alle mit ihm.

Mir ist nie ganz klar gewesen, warum wir es *das Schloss* nannten, eigentlich war es keines, eher ein großes Haus aus Mauersteinen und sehr alten Ziegeln, die gern mal vom Dach rutschten, wenn der Wind ein bisschen zickig war, aber es war eben groß genug, dass alle hier dieses Wort benutzten, Schloss, denn in einem Städtchen wie unserem braucht irgendwie jedes Ding seinen Spitznamen, damit es zu uns dazugehören kann, also wurde dieses seit Langem nicht mehr bewohnte Haus auch seit Langem schon Schloss genannt, wie es da stand, hoch über dem Hafenbecken aufragend, als mache es gegen die Stadt auf der anderen Seite des Hafens Front.

Sie verstehen, sagte ich zum Richter, mit »wir« meinten wir nicht die Stadt. Nein, »wir«, das war die Halbinsel gegenüber.

Und vor allem nannten wir es darum das Schloss, weil es dort vorn auf der Spitze der Stadt die Stirn zu bieten schien. Und ich glaube, wir nannten es auch darum so, weil es der Gemeinde gehörte. Übrigens war das zugleich der Grund dafür, dass jemand den Park pflegen musste, dass jemand einmal pro Monat die zwei

Hektar Rasen mähte, als wäre es in gewisser Weise ein echtes Schloss und bräuchte daher einen echten Verwalter. Und in gewisser Weise war dieser Verwalter ich, jedenfalls seit der seinerzeitige Bürgermeister mir das angeboten hatte – um Ihnen aus der Patsche zu helfen, hatte er gesagt, wegen der Menge an Problemen, die in jenen Jahren auf mich einprasselten, also schlug er mir vielleicht aus Freundschaft oder auch aus Mitleid vor, mich um das Schloss zu kümmern und auch dort zu wohnen, in dem leeren Gärtnerhaus am Eingang des Parks.

Im Gegenzug brauchen Sie nur den Park zu pflegen, sagte Le Goff – ja, der Bürgermeister hieß Le Goff, und genau das schlug er mir vor, für das Wohnrecht brauchte ich nur zu mähen und dann noch die Hecken zu trimmen, und wenn dann alles zum Verkauf angeboten wird (ja, denn das war damals schon geplant, angesichts der Finanzen der Gemeinde, es war geplant, das Schloss eines Tages zu verkaufen), wenn wir es zum Verkauf anbieten, sagte er, dann betreuen Sie die Besichtigungstermine. Ich erinnere mich, wie er eines Abends zu mir kam und so wie nebenbei zu mir sagte, den Blick auf den Boden geheftet, nachdem wir zwei, drei Sätze zum Nieselregen gesagt hatten, der an jenem Abend die Luft befeuchtete, da sagte er, beinahe murmelnd, als würde es ihn mehr betreffen als mich, er sagte: Es ist so weit, wir verkaufen.

Und ich fragte gleich: Wie gesehen? Wollen Sie verkaufen wie gesehen?

Ja, wie gesehen, wir verkaufen, und vorher rühren wir nichts an, wir lassen alles, wie es ist, sogar die Spinnweben und die Gespenster, die im Haus spuken, wer das kauft, der bekommt alles.

Also sagte ich: Und ich, muss ich dann hier raus?

Mein lieber alter Kermeur, sagte er, für Sie ändert sich nichts, Sie müssen sich dann nur mit dem neuen Inhaber einigen, denn die zwei Hektar, die gehören dann ihm.

Und dann fügte er noch hinzu: Und wenn es eines Tages mit Ihren Finanzen besser aussieht, dann …

Ich wusste genau, was er damit meinte, und er wusste, dass ich es wusste, um meine Finanzen würde es bald besser stehen, sehr bald und viel besser, sobald ich die Ablösung von der Marinebasis bekommen würde, das würde wie eine Art Neustart für mich sein, für mich und ein paar Tausend andere, schließlich hatten sie innerhalb von ein paar Jahren das Personal auf ein Fünftel verkleinert.

Keine zehn Jahre mehr, sagte ich zum Richter, und die Basis wird dichtgemacht. Keine zehn Jahre mehr, und sie ist nur noch ein Denkmal im Herzen der Stadt. Vielleicht gibt es dann immer noch die hohen Gitter, und der Eingang wird von Polizisten bewacht, damit kein Unbefugter hineinkommt. Vielleicht fragen sich dann immer noch alle, was drinnen vor sich geht. In Wirklichkeit wird sie leer sein, nur noch vergessene Bewegungen darin, Staub auf den Maschinen, die abwesende Menge. Und ich sage nicht, dass das gut oder schlecht ist. Ich sage nur, dass das ein bisschen schnell über uns gekommen ist, die vielen Abschiede haben nicht einmal besonders viel Aufsehen erregt, es gab schon gar keinen Streik oder Demonstrationen, aus dem einfachen

Grund, dass Stadt und Staat dies eine Mal bei den Bedingungen nicht geknausert haben, schließlich bedeuteten die vierhunderttausend Franc, die wir jeder als Abfindung bekamen – und 1990, da waren vierhunderttausend Franc noch was –, die bedeuteten mehr oder weniger ein Häuschen im Finistère.

Da werden Sie begreifen, auch als Gewerkschafter, auch als Kämpfer für Arbeiterrechte hat man zugeben müssen, dass die langsame und unausweichliche Abwicklung der Marinebasis sehr harmonisch vonstatten ging, sodass die meisten von uns, kaum dass sie draußen waren, lieber Immobilienanzeigen studierten oder vor Schaufenstern mit neuen Booten standen, als noch um zwanzigtausend Franc Nachschlag zu feilschen.

Und auch wenn man heute noch auf den Küstenpfaden wandert hoch über dem Wasser, sieht man in der Durchfahrt trotz der Strömung und dem gegen den Wind auflaufenden Wasser jede Menge noch weit vom Rentenalter entfernte Typen, die sich am Steuer ihrer Freizeitfischer-Boote spreizen und ihren Fang schön sichtbar auf den Anlegern abstellen, denn nachdem sie schon vor zehn Jahren den goldenen Handschlag erhalten haben, müssen sie ja zusehen, dass sie die Vormittage irgendwie herumbringen – eher die Vormittage, ja, denn bekanntlich sollte man zum Fischen früh aufstehen und seine Hummerkästen einholen, bevor sonst jemand das für einen erledigt. Aber jetzt sollte ich bloß nicht anfangen, vom Fischen zu reden, sagte ich zum Richter, denn dann finde ich kein Ende, und dafür bin ich schließlich nicht hier.

Abwarten, sagte der Richter.

Darauf antwortete ich nicht, dafür habe ich keinen Sinn, für die Schlagfertigkeit, mit der so ein Anwalt oder Richter die Luft peitscht. Auf jeden Fall, auch wenn ich es schon tausend Mal gesagt habe, mit dem Geld hätte auch ich mir ein schönes Boot kaufen müssen, mit genug Pferdestärken, um über die Wellen an der Ausfahrt des Hafenbeckens zu kommen, und schlimmstenfalls, dachte ich immer, falls das Leben es schlecht mit mir meinte, na, dann könnte ich sogar darauf wohnen, wenigstens vorübergehend, dachte ich, ja, das wäre eine Art Unterschlupf. Ich sah schon vor mir, wie ich in der umgebauten Kabine eines Antares oder Merry Fisher enden würde, den ich hinten in irgendeinem Hafen am Anleger vertäut hatte. Aber das habe ich nicht getan.

Nein, sagte der Richter, das haben Sie nicht getan.

Sonst wäre ich jetzt nicht hier, sagte ich.

Nein, sagte der Richter, sonst wären Sie jetzt nicht hier.

Und mir kam es seltsam vor, das aus dem Munde des Richters zu hören, als meinte er es ironisch oder ich weiß nicht wie, als würde er ein Messer in der Wunde herumdrehen, ich konnte nicht erkennen, ob er das zum Vergnügen machte oder ob er einfach dem geraden Ablauf der Dinge folgte, falls denn der gerade Ablauf der Dinge auch die Summe der Versäumnisse und des Verzichts und des Unerledigten umfasste, falls der gerade Ablauf der Dinge die Aneinanderreihung der falschen Antworten auf einen großen Katalog von Fragen wäre.

Ich war jedenfalls genau richtig an Ort und Stelle, um ihn kommen zu sehen, diesen Antoine Lazenec mit seinen spitzen Schuhen – ich weiß auch nicht, warum ich immer Probleme hatte mit solch spitzen Schuhen, diesen italienischen Schuhen, die sogar bei Regen noch glänzen, als würde ich gewohnheitsmäßig erst auf die Schuhe schauen, bevor ich mit den Leuten zu tun bekomme, normalerweise nicht, aber hier war ich gerade im Park beim Rasenmähen und hatte den Kopf also gesenkt, um den Weg des Mähers zu kontrollieren, ohne mitzukriegen, was um mich rum vorging, und da hab ich eben als Erstes seine Schuhe bemerkt auf dem Weg, auch, weil sie so perfekt gewienert und schwarz auf dem weißen Kies standen, also hob ich den Kopf und sah diesen nicht besonders großen und fast kahlköpfigen Typen in seiner schwarzen Anzugjacke und dem oben offen stehenden Hemd, wie so ein Pariser, und er sah mich an, eigentlich ohne zu lächeln, und wartete, bis ich den Mäher ausgeschaltet hatte. Als der Motor aus war und plötzlich Stille herrschte, fragte er nur einfach: Und das hier ist alles zu verkaufen?

Die Schlüssel in seiner Tasche klimperten, als er schwungvoll den Blick zum Schloss richtete, als würde er mit einer einzigen Kopfbewegung, einem einzigen »das hier« den gesamten Besitz umzeichnen, die beiden Hektar mit Meerblick, das alte Gebäude aus zerbröselndem Granit, und würde es sich bereits aneignen. Hinter ihm sah ich seinen creme- oder elfenbeinweißen Sportwagen in der Sonne glänzen, ja denken Sie nur, die Sonne schien – das gibt es auch bei uns manchmal.

Ja, sagte ich, das ist alles zu verkaufen. Das Schloss und der Park, zwei Hektar, alles miteinander.

Dann sagten wir beide nichts, standen da im Schatten der Fassade, ich klaubte unter dem Rasenmäher das feuchte Gras vom Messer, er stand in der Stille da, fast kein Wind an dem Tag, die Hände immer noch in seinen klimpernden Taschen. Offensichtlich wartete er auf etwas, also fragte ich:

Kommen Sie für eine Besichtigung?

In der Tat.

Soll ich Ihnen vielleicht aufsperren?

Nein, sagte er, ich erwarte noch jemanden.

Und da standen wir wieder zwischen zwei gezwungenen Sätzen, ein Auge beim Warten, das andere auf dem Gemüsegarten, der zum Wasser hin abfiel, schon bogen sich die Äste unter den ersten Äpfeln, und dann ein Stück weiter unten spielte Erwan mit seinem Fußball unter den Bäumen. Und vielleicht, weil wir beide nicht recht wussten, wohin schauen, vielleicht, weil ich mich nicht traute, den Mäher wieder in Gang zu setzen, und außerdem sucht man in solchen Situationen ja immer in der Umgebung etwas, woran man seine Gedanken anhängen kann wie an einen Garderobenhaken, jedenfalls nahm er das Gespräch wieder auf, er meinte:

Ihr Sohn?

Ja, sagte ich.

Spielt gern Fußball, wie es aussieht.

Ja.

Schauen Sie Fußball?

Wie alle.

Wie heißt Ihr Sohn?

Erwan.

Wie alt?

Zehn Jahre, bald elf.

Er schien ungeduldig zu werden, schaute zur Straße, ob jemand kam, die Hand immer noch in der Tasche und das Klicken seiner Schlüssel. Der würde genauso wenig kaufen wie die anderen, dachte ich in dem Moment, denn ein paar hatte ich schon erlebt, Anzugtypen, die Brieftasche dicker als das Herz, aber wenn ich denen das Innere zeigte, wenn wir die große mittelalterliche Eingangshalle betraten und sie sahen, wie heruntergekommen alles war, dann winkten die meisten gleich wieder ab. Darum dachte ich natürlich, ich könnte noch lange so weitermachen, wie ein Fremdenführer das Schloss Leuten vorführen, die nie kaufen würden, und da wohnen in meinem Gärtnerhäuschen, bis ich alt war.

Fünfundvierzig Quadratmeter, vor dem Meer geschützt, manchmal heftiger Wind, aber immerhin dicke Steinmauern, das reichte uns beiden, also Erwan und mir, zwei Schlaf-, ein Wohnzimmer, obwohl es einigermaßen dunkel war, obwohl die Siebenschläfer in der Glaswoll-Dämmung hausten, obwohl der Rasen nicht wachsen wollte wegen der Kiefernnadeln im Schatten der zähen Äste – hier gibt es von jeher immergrüne Bäume, die im Winter Küche und Wohnzimmer vor dem bisschen Licht abschirmten, höchstens gedämpft fiel es herein, als würden die Bäume die Last ihrer grünen und braunen Fetzen direkt hier abladen, auf dem Fliesenboden in der Küche, aber das hat mich nie gestört – ich hab auch was davon, ich bin auch eine zähe alte Kiefer.

Erwan sagt das jetzt manchmal, dass ich auch ein alter Baum bin, den man nicht verpflanzen kann, wahrscheinlich kriecht dieselbe alte, trockene und fast giftige Borke unablässig unter die Mauern und wurzelt dort – er, Erwan, ist so schnell gewachsen in den letzten Jahren, wie die Kinder sich verändern, man schaut einmal kurz weg, und schon ist es, als hätten sie uns eingeholt.

Wie alt ist er jetzt?, fragte der Richter.

Siebzehn. Erst siebzehn, sollte ich sagen, als hätten die sechs Jahre seitdem genauso gut zwanzig dauern können. Jetzt verstehen Sie wohl, all die Jahre seither, all die Male, wo ich meinen eigenen Sohn besuchen kann einmal die Woche hinter der Glasscheibe im Besuchsraum und darauf warte, dass er herauskommt, ja, jetzt sehe ich die ganze Geschichte anders. Aber wer hätte an dem Tag, an jenem Tag, als Antoine Lazenec ankam, ich mit meinem umgedrehten Mäher im Park, Erwan mit seinem Ball im Arm, wer hätte da unsere ganze Zukunft, Erwans und meine, lesen sollen auf unserer Haut? Ich pflege die Leute eben nicht auf den ersten Blick zu beurteilen, für mich war das ein normaler Typ, der besichtigen kam, einer wie alle anderen, wie ich sie

Samstagnachmittags schon oft gesehen hatte, und der mal hereinschaute, weil geöffnet war.

Erst als wir beide, er wie ich, eilige Schritte auf dem Kies hörten, erst als ich Martial Le Goff die Allee heraufkommen sah, erst da kam ich auf den Gedanken, es könnte heute kein Tag sein wie sonst, denn sonst, sonst kam der Bürgermeister nicht höchstpersönlich, um einen möglichen Käufer zu begrüßen, und schon gar nicht hätte er sich für seine Verspätung entschuldigt, wie jetzt, er war vom Laufen aus der Puste, als hätte er Angst gehabt, den Anfang zu verpassen, ganz verschwitzt wegen seines Gewichts – ja, Le Goff war ziemlich dick, so wie man sich einen Dorfbürgermeister vorstellt, mit geplatzten Äderchen im Gesicht, ähnlich wie ich, weil wir unser Leben lang ungefähr gleich viel getrunken haben, oft auch gemeinsam, denn wir kannten uns gut, hatten einige Jahre im Gemeinderat über dieselben Projekte abgestimmt, hatten zusammen unzählige Reusen in sein kleines Fischerboot hochgeholt, seinerzeit, als wir noch den ganzen Tag auf dem Meer verbringen und nichts tun konnten, als nach den Schatten der Fische unter der Wasseroberfläche auszuschauen.

Außerdem waren wir Nachbarn. Von meinem Schlafzimmer aus konnte ich in der Ferne Catherines Gestalt beim Gemüseschälen über der Spüle sehen, er saß im Hintergrund vor den Fernsehnachrichten und goss sich einen Whisky ein. Außerdem hatten wir denselben Vornamen. Ja, es ist eigenartig, beide hießen wir Martial, gehörten außerdem zum selben politischen Lager, also hat uns das einander nähergebracht, vielleicht, wenn ich sagen kann, dass wir einander nahe waren, Le Goff und ich.

Außerdem war er ein guter Bürgermeister. Eine Zeit lang war er der Halbinsel ein guter Bürgermeister. Aber nun, jetzt ist Le Goff schon sehr lange nicht mehr Bürgermeister, abgesehen davon ist er überhaupt nicht mehr – er ruhe in Frieden. Aber auch das, sagte ich zum Richter, auch das hatte einfach so kommen müssen, dass mindestens einer so endet – also durch Selbstmord.

Der Richter reagierte nicht. Jedes einzelne Mal, wenn ich Sätze ins Blaue abfeuerte wie Pfeile, gespannt, wo genau auf der Fläche seines Schreibtischs, auf welcher Akte sie landen, abprallen oder liegen bleiben würden wie künftige Erzählungen, nein, da reagierte er nie. Dabei hallte der Schuss aus Le Goffs Jagdgewehr immer noch im ganzen Städtchen nach, ohne dass die genauen Gründe für diese Tat je ermittelt werden konnten, oder man hat sie nicht ermitteln wollen – nichts als vorsichtige Andeutungen in der lokalen Presse, in schwammige Überschriften gegossen à la »Selbstmord auf der Halbinsel« oder »Mysteriöser Tod eines Bürgermeisters« und mit angeblichen Alkohol- oder Eheproblemen garniert. Aber das war es nicht, sagte ich. Eheprobleme hatte Martial jedenfalls keine. Wenn Eheprobleme der Grund gewesen wären, sagte ich zum Richter, dann hätte man viel eher mich eines Morgens auffinden müssen.

Auch darauf reagierte er nicht, sein Gesicht war immer weniger deutbar, er schien mich mit meinen Wörtern allein zu lassen, mit dem Gewirr der Wörter und tausender Gedanken, die sich drängten wie in einem Trichter und deren innere Ordnung er vielleicht zu entziffern versuchte.

Gut, an dem Samstag damals war er jedenfalls spring-
lebendig und noch ganz und gar Bürgermeister, als Lazenec und ich ihn eilig über den Kiesweg von der Straße
herkommen sahen, dann entschuldigte er sich zweimal,
dass er zu spät dran war, und wischte sich das Gesicht
mit seinem seidenen Taschentuch ab. Und ich schwöre Ihnen, die beiden schienen einander gut zu kennen,
dem freundschaftlichen Handschlag und anderen Gesten nach zu urteilen, und sie nannten sich beim Vornamen, Antoine und Martial.

Habt ihr euch schon bekannt gemacht?, fragte Le
Goff.

Nein, sagte ich, nicht so richtig.

Und da schaute der andere, der Cowboy, wie ich ihn
manchmal nenne, mir endlich in die Augen, sein Hände-
druck war recht fest, und er sagte: Lazenec. Aber mehr
nicht. Sagte nichts zu sich selbst, als würde sein Name
allein schon genügen und am Himmel der Nachnamen
prunken. Ich allerdings hatte diesen Namen noch nie
gehört, schon gar nichts davon, dass man ihn willkom-
men heißen müsse wie den Messias, also all das, was Le
Goff mir nachher erklärte, als Lazenec gegangen war
und ich zum Bürgermeister sagte: Das müssen Sie mir
jetzt aber mal erklären.

Ja, ich sagte zu Le Goff, das müssen Sie mir erklären,
als Lazenec gegangen war und alles besichtigt hatte,
sämtliche Zimmer, ohne viel Interesse für die Details, es
war fast, als führte er uns durch das Haus, immer uns
voraus im nächsten Zimmer, und ich erinnere mich, wie
er mehrmals im Obergeschoss aus dem Fenster blickte
und sagte: Ja, hat schon Potenzial hier, Sie hatten Recht,

Le Goff, das hat Potenzial. Er blickte über das Grundstück, das sanft bis zum Meer hin abfällt, die beiden Kiefernreihen wie eine königliche Allee zum Wasser, er sagte, dass es ihm sehr gut gefalle. Und er wiederholte dieses Wort da, Potenzial.

Wie er da vor den alten Eichenholzfenstern stand, den Rücken uns zugewandt, schien er den ganzen Himmel in die Arme zu schließen, den Blick bis zur Durchfahrt, die weißliche Stadt, die wie eine Treppe zum Meer abfiel, all das, ja, er hatte es schon fest im Blick, ebenso wie den Namen Le Goff, ein Gefangener seiner Sätze. Aber ich könnte nicht sagen, dass ich ihn an dem Tag unsympathisch fand, nein, das ist nicht das passende Wort, und selbst wenn nur etwas Dunkles mit unsichtbarer Tinte auf die Fensterscheiben geschrieben gewesen wäre, dann wüsste man das, aber ich schieße nicht gern Leuchtpfeile aus der allzu weit entfernten Vergangenheit, um die Gegenwart zu erhellen, also ich meine, ich weiß genau, dass es keinen aus der Tiefe des Meeres ausgestiegenen Kompass gibt, um uns die Richtung zu weisen, und oft gilt sogar das Gegenteil: Die Gegenwart selbst wirft ihr Licht in die Abgründe des Meeres.

In der Rückschau, wissen Sie, was das Erstaunlichste war, das Erstaunlichste während dieser Besichtigung? Also ich glaube, das war seine Banalität. Ja, seine Banalität. Auf der Straße begegnen Sie so einem Kerl mit Aktenkoffer, in dem hat er vielleicht bündelweise Banknoten oder kiloweise Kokain, aber das denken Sie nicht, Sie denken nur an Versicherungspolicen oder an Kataloge für Tiefkühlwaren – wenn da nicht sein Sportwagen gewesen wäre, so welche bekommt man in unserer Gegend nicht oft zu sehen, ein Porsche, genauer gesagt, also ich allein hätte das nicht erkannt, aber Erwan war ja auch dabei, Erwan verfolgte die ganze Besichtigung, und als wir ihm dann hinterhersahen in seiner weißen Staubwolke, sagte Erwan: Das ist ein Porsche, ein 911er. Und mit der ganzen Klugheit seiner zehn Jahre fragte er: Will er das Schloss kaufen?

Also sah ich Le Goff an und wiederholte Erwans Satz, ich fragte: Will er das Schloss kaufen?

Und Le Goff schaute mich seinerseits an, machte noch größere runde Augen als sonst: Kermeur, lesen Sie denn keine Zeitung?

Und ich hätte sagen können, doch, normalerweise schon, nur manchmal eben, wenn ich fauler bin als sonst – also kurz, an dem Morgen hatte ich keine Zeitung gekauft. Darauf holte Le Goff aus seiner Gesäßtasche ein Exemplar und schlug es vor meinen Augen auf, in Riesenlettern was in der Art von »Große Pläne für die Halbinsel« und darunter ein Bild von einem etwas kahlen Typen mit offen stehendem Hemd, ich erkannte sofort, wer das war, und ebenso, was er vorhatte, denn nebendran stand ein Interview, in dem er alles über diese Pläne erzählte, das heißt, ich flog mit dem Blick über diese Seite, als würde ich schon die Lösung eines Rätsels suchen, und stieß dabei auf Wörter, die größer geschrieben waren als die anderen und die in meinem Kopf eine Art Verpuffung bewirkten, als ich die Sätze mit seltsamen Ausdrücken las wie »Immobilienkomplex«, wie »Investition in Mietraum«, wie »Parkresidenz«, und an der Seite stand wie eine fiebrige Bilanz, die der Journalist dann noch mit einem Ausrufezeichen hatte verzieren wollen: »Seebad«.

Ein Seebad, sagte ich zum Richter, denken Sie nur, ein Seebad am Hafenbecken von Brest. Dann las ich den Artikel Zeile für Zeile, die ganzen großen Sätze von wegen, was dieser Region fehle, das sei nichts weiter als Glaube und der Mut, sich der Zukunft zu stellen, hier liege ein ungenutztes Potenzial brach, erklärte er, seit Generationen säßen wir auf einem Goldschatz und pflanzten Blumenkohl und Artischocken darauf, dabei könne für uns eine neue Ära anbrechen, Tourismus und Entwicklung, es sei an der Zeit, dass auch wir uns für das neue Jahrtausend bereit machten, am Ende des Artikels stand er da wie ein Erzengel, aus dem Himmel der Großstädte herabgestiegen, um unser Bewusstsein zur Blüte zu bringen, erst einmal das Unkraut daraus zu vertilgen, wie es sich gehört, aus unserem Bewusstsein, dann Samenkörner in unsere Hirne einzupflanzen, in der Hoffnung, dass daraus eine Seepromenade wüchse – und mehr noch, fünfgeschossige Häuser, ganz aus Glas und Tropenholz, mit Solarien, verglasten Fahrstühlen und geheizten Swimmingpools. Aber das Wort, das mir wie ein Orgelpunkt unter dem Schädeldach blieb, das war nicht nur »Häuser« oder »Solarien«, nein, das war »Seebad«.

Dabei waren wir, die Bewohner hier, längst daran gewöhnt, dass in regelmäßigen Abständen irgendein Clown auftauchte und uns vom hohen Ross herab erklärte, wir hätten ja keine Ahnung, was wir mit unserer Landschaft anfangen sollen, kilometerweise Küste ohne ein einziges Hotel mit Restaurant noch einem Parkplatz, der diesen Namen verdient, ohne eine einzige etwas luxuriöse Wohnanlage, trotz unserem so schönen Licht, das spätnachmittags den Fels zu durchglühen scheint, trotz dem stillen Farn, der den ganzen Schmerz des Windes aufzufangen scheint – dabei könnte ich selbst ohne Weiteres ein Loblied über unsere Gegend singen, die ich viel mehr liebe als sämtliche Großmäuler aus dem Inland.

Der Dunst, der vor der blassen Sonne hin und her weht.

Das Laubwerk der Bäume, wenn die Stürme sich verziehen.

Aber so lebt man nicht mit den Dingen, nicht, indem man in Zeitungsspalten lauthals mit ihnen prahlt.

Hier im Park unseres Schlosses, als der Porsche längst verschwunden war, nahm ich mir die Zeit, diesen Artikel ganz zu lesen, und ich dachte, nein, das kann nicht sein, nein, das ist ja zu verrückt, sagte ich zu Le Goff, dass ich nicht auf dem Laufenden bin.

Mein lieber alter Kermeur, sagte der Bürgermeister, Sie haben sich in letzter Zeit ja auch nicht oft blicken lassen.

Ich weiß sogar noch, wie ich versuchte herauszufinden, was dieser Ausdruck genau bedeutete, »in letzter Zeit«. Stimmt schon, in letzter Zeit hatte ich mich zu Hause verkrochen, zu viel ferngesehen oder wer weiß was, in meinen Beeten am Fuß der Mauern gehackt, ohne mich viel zur Straße oder dem Ort umzudrehen, nach dem, was sozusagen in meinem Rücken vor sich ging, was ich tat, also meinen Garten zu bestellen und mich um meinen Sohn zu kümmern, das schien mir mit meinen bald fünfzig eigentlich mehr als genug.

Sie haben wahrscheinlich Recht, sagte ich zu Martial und gab ihm die Zeitung zurück, in letzter Zeit habe ich mich zu sehr abseits gehalten.

Er faltete die Zeitung zusammen und verstaute sie wieder in seiner Gesäßtasche: Kermeur, den Kerl da hat uns die Vorsehung geschickt.

Die Sache mit der Vorsehung hat man uns dann noch
so richtig aufgetischt, als das alles bald nicht mehr nur
ein Gerücht war, das durch die ganze Stadt geisterte,
sondern die höchst feierliche Verkündigung von unser
aller Zukunft im großen Saal des Rathauses – oh, da
stelle man sich keinen Riesensaal vor wie in den Groß-
städten mit Kristallleuchtern und Panoramafenstern,
die aller Welt vom Glück der Frischvermählten künden,
nein, nur einfach einen Raum, der etwas größer war
als die anderen, ein bisschen heller auch, das Parkett
sorgfältiger gebohnert, sodass es die Morgensonne gegen elf Uhr einfängt – ich weiß auch nicht, aber ich hab
immer mehr als alles andere das Licht morgens um elf
gemocht, wenn es an Feiertagen hereinfällt, falls man
denn diesen Tag als Feiertag bezeichnen will, Le Goffs
morgendliche Einladung zur Präsentation des Modells,
umringt von den Architekten und natürlich Lazenec in
der ersten Reihe, wie eine Art Miniatur-Einweihung,
dachte ich, fünfhundert Gläser standen bereit auf Pa-
pier-Tischdecken und schienen ebenfalls an der Zeremonie teilzunehmen, wenn das dafür das richtige Wort

ist, Zeremonie. Jedenfalls hat es eine Wirkung auf mich gehabt, dass wir alle so versammelt waren, die Bewohner der Halbinsel, mehrere Hundert zusammen und alle sozusagen beteiligt, ja, das hat mich beeindruckt.

Das Modell war noch von einem roten Filztuch bedeckt, Le Goff höchstpersönlich würde es mit der stolzesten, herrschaftlichsten Bewegung seiner ganzen Amtszeit enthüllen, nach seiner Rede, und was für einer Rede, das Mikro pfiff die ganze Zeit über, jetzt in dieser schwierigen Zeit zum Ende des Jahrhunderts, sagte der Bürgermeister, hat es endlich jemand gewagt, sich der Trägheit der Zeitläufte entgegenzustellen, und so könnten wir – und jetzt kommt das große Wort, ich habe es versprochen – der Vorsehung danken, sagte er, dass sie uns Antoine Lazenec beschert hatte, den man mittlerweile nicht mehr vorzustellen brauchte, den man an allen Orten gesehen hatte, wo er gesehen werden musste – also das hat er nicht so gesagt, dass man ihn in den letzten Monaten überall gesehen hatte, in der Lokalzeitung, auf der Tribüne des Stadions, bei jenem von dem Club mit Tiernamen veranstalteten Wohltätigkeits-Diner, als wäre er auf einmal mit der Gabe der Allgegenwärtigkeit gesegnet, sodass alle längst einen Namen mit seinem Gesicht verbanden, diesem Gesicht, das zusehends feister wurde von all den Besprechungen in besseren Restaurants, wir, die Bewohner der Halbinsel, die Arbeiter des Arsenals oder die Hafenangestellten, man hätte sagen können, dass wir lächelnd zusahen, wie er unsere Beete zertrampelte, in denen wir unser Dasein gepflegt hatten, noch ohne zu ahnen, dass es ihn überhaupt gab, und in denen wir ganz gewiss keinen Dünger brauchten, damit alles schneller wuchs.

Er, Antoine Lazenec, führte sich auf wie ein Pionier beim Betreten eines neuen Erdteils. Wir scheuen und naiven Eingeborenen schwankten wohl dazwischen, Giftpfeile abzufeuern oder ihn mit offenen Armen zu empfangen, aber scheinbar entschieden wir uns dann für die zweite Alternative. Als er an jenem Morgen im Rathaussaal von Le Goff das Mikrofon überreicht bekam, hatten wir alle dieselbe Empfindung, dass das Licht eines Scheinwerfers auf sein Gesicht gerichtet war, als würde ein ganzes Dorf gemeinsam genau hierauf warten, auf die Ansage eines Promoters.

Er ergriff das Mikrofon und dankte zunächst Le Goff, dann natürlich den Architekten, die wortlos wie Mumien in schwarzen Jacketts bei ihm standen, und sodann sämtlichen lokalen Figuren, die ihm ihre Türen geöffnet hatten – aber die Türen wovon, Herr Richter, das frage ich Sie, die Türen wovon? –, und er vergaß niemanden, keinen Banker oder Bürgermeister noch stellvertretenden Vorsitzenden noch all die Leute, die er offenbar in den Katakomben der Stadt kennengelernt hatte, Unternehmer aller Art, die sich schon die Hände rieben angesichts des fettesten Auftrags des Jahrzehnts, das heißt, jetzt noch tat es ihnen nicht um die Sonntage leid, die sie geopfert hatten, um über Golfplätze zu wandern oder das x-te Glas in den Bars zu trinken, in denen Geschäfte abgeschlossen wurden. Nun gut, Ihnen brauche ich das alles nicht zu erzählen, sagte ich zum Richter, als Ermittlungsrichter soll man ja sozusagen einen Überblick über die Geschäfte einer Stadt haben – natürlich nicht von Anfang an, aber doch allmählich, nach und nach, denn mit Fortschreiten der

Untersuchungen, ich weiß ja nicht, schließlich bin ich nicht Richter, aber ich denke mir das so, dass es ist, als würde man mit einem Ballon über die Häuser hinaussteigen, dass jedes neue Indiz ein Feuerstoß aus dem Brenner ist, um noch etwas höher zu gelangen, und am Ende, ganz am Ende überfliegt man die Stadt, die Verbindungslinien der Stadt mit sich selbst, und dann erkennt man allmählich neue Straßen, nicht nur die Geschäftsstraßen, in denen es samstagnachmittags von Leuten nur so wimmelt, nicht nur den Wind, der durch die Querstraßen fegt, sondern neue, wie soll ich sagen, luftige Straßen, unsichtbare Straßen, die nicht auf dem Stadtplan verzeichnet sind, virtuelle Straßen, die die Karte zerschneiden, vom Rathaus zum Auktionshaus, vom Auktionshaus zur Banque de l'Ouest, vom Handelshafen zum Gerichtsgebäude, nur dass in diesen Straßen, in diesen Avenuen, die wie heftigere Risse als die von den Architekten geplanten wirken, keine Leute hin und her gehen, sondern vor allem, wie soll ich sagen, geheime Worte, Worte und Geld natürlich, und außerdem auch Mädchen natürlich, oder nicht wirklich Mädchen, sondern sagen wir Sex, das heißt also, wenn man am Ende alles zusammen sieht, Worte, Geld und Sex, na, dann hat man alles. Ja, alles.

Und danach war es still zwischen uns, dem Richter und mir, als wollten wir einen Moment nachdenken, um das alles einzudeichen, nicht die Ereignisse selbst – dafür war es längst zu spät –, sondern unseren Ekel unter dem grauen Himmel, der im Fenster stand.

Und es stimmt schon, dass Leute wie ich, sagte ich dann, nicht genug rausgehen, um alle Schlüssel zur

Stadt in die Hände zu bekommen. Dabei ist die Stadt von uns aus, ja wie weit entfernt? Keine zwölf Kilometer, aber nun, da ist die Brücke, und so eine Brücke soll ja angeblich verbinden, aber es bleibt eben doch eine Brücke, darunter das Meer, das alle zwölf Stunden anschwillt und daran gemahnt, dass wir auf einer Halbinsel leben, darum gibt es für Jungs wie Le Goff und mich darunter eben immer einen Ozean zwischen uns und gewissen Orten.

Das hätten Sie sehen sollen, als er das rote Tuch lüftete und wir alle näher traten: In einem gläsernen Rechteck, mindestens zwei mal drei Meter, von oben mit zwei Senkrechtstrahlern beleuchtet, lag da die ganze Halbinsel vor uns, verkleinert, Felder und Felsen, Höfe und Häuser, die Kirche und der Dorfplatz.

Unsere Halbinsel, dachte ich.

Und wir klatschten. Keine Ahnung, was wir beklatschten, den Moment, das Modell oder vielleicht Lazenec selbst, wir klatschten. Dies Modell, um das wir uns gleich drängen würden, vorgebeugt und voller Bewunderung für die Details, jeder auf der Suche nach dem eigenen Haus auf den Plastikwegen, es war wie eine Modelleisenbahn im Schaufenster eines Spielzeugladens.

Nur was da statt eines Miniaturzugs ebenso rasch die Aufmerksamkeit erregte, das waren die fünf künftigen Gebäude, die dem Meer gegenüber emporragten, höher als alles andere ringsum, beschatteten sie das Schloss, und dazu den strahlenden Park, der sie umgab. Sie hatten die Detailtreue so weit getrieben, dass sie kleine Männchen auf die Terrassen am Meer gestellt hatten, also nicht wirklich am Meer, sondern dem blauen Stück Plastik, das das Meer darstellen sollte, am langen Strand, den Sand hatten sie direkt vor Ort eingesammelt, sodass man denken konnte, die kleinen Bäume zu Füßen der Bauwerke wären dort über Nacht gesprossen. Für eine kurze Weile wohnten wir an jenem Morgen alle dort, in diesem gläsernen Rechteck, in das weder Regen noch Staub je eindringen würden. Die Zukunft zog uns magnetisch an.

Ein Modell, mehr nicht, ja, aber schon funkelte die Sonne kunstreich in den Scheiben und den Aluminium-Streben, als wären wir dank der Vogelperspektive, die wir hier hatten, dank des absurden tausendjährigen Dicht-an-dicht mit der Küste, die wir hier zum ersten Mal auf einen so kleinen Maßstab verkleinert sahen, als wären wir erstmals die Gewinner. Ich erinnere mich, dass ich an diesem Vormittag etliche Leute sah, die am Eingang nach dem Prospekt griffen, in dicken Buchstaben stand darauf »Residenz Goldener Sand, die Zukunft der Halbinsel«, und hintendrauf seine Visage, die von Lazenec, als wäre das Ganze ein Faltblatt für die Kommunalwahl.

Dabei, sagte ich zum Richter, wenn Frankreich ein Roulette-Tisch ist, dann stehen wir hier bei uns, das weiß jeder, bei 100 gegen 1, und man musste ein Spieler sein, wirklich ein leidenschaftlicher Spieler, um gegen die ökonomischen Gesetze der Gegend anzutreten und eine Bevölkerung erobern zu wollen, die seit Langem an den Misserfolg gewöhnt war, seit Langem all der Trugbilder und Versprechungen müde, die ihr so oft in den hiesigen Zeitungen verkauft wurden, ohne dass es je auch nur den Schimmer einer Erfüllung gegeben hätte.

Jetzt war es, als würden die Zeiten sich ändern, als würde etwas Urbaneres bis zu uns herüberwachsen und als erschiene uns das ganz selbstverständlich.

Vielleicht, sagte ich zum Richter, ist das ja mittlerweile überall so, an all den Orten, die man vielleicht noch nicht wirklich als Städte bezeichnen kann – frühere Dörfer, so viel ist sicher, aber überall, wo die Ebenen zubetoniert wurden und die Wurzeln jetzt Rache nehmen, indem sie die Schulhöfe aufbrechen. Hier wie anderswo, sagte ich zum Richter, war es immer ein großes Rätselraten, wenn es um die Aufstellung neuer Ortsschilder ging, als hätte man nie so recht gewusst, was die Grenzen rechtfertigte oder was sie noch verschieben mochte: unbebautes oder Ackerland, das Stück um Stück erobert wurde von einem Visionär oder einem, der sich dafür hielt oder der dann tatsächlich einer wurde, denn es genügte, dem Gemeinderat dieses oder jenes Projekt vorzustellen, und schon erschien wie aus dem Nichts das Modell eines neuen Bebauungsplans.

Ich weiß, wovon ich rede. Ich hab ja selbst im Gemeinderat gesessen. Ich wäre auch besser drin geblieben, nicht wahr, wenn ich jetzt so tue, als ob ich damals gewusst hätte, wie wir hätten entscheiden sollen, aber ich hätte es gemacht wie alle anderen auch, als wir ohne große Umstände die Sitze im Rat auf links und rechts verteilten, und für mich wäre es ja auch umso komfortabler gewesen, als ich ohnehin schon der Mehrheit angehörte. Denn wenn man in jenen Jahren Sozialist war, hatte man alle Chancen der Welt, der Mehrheit anzugehören. Schließlich waren schon auch auf Landesebene die Sozialisten am Ruder. Schließlich hatten

wir zweimal hintereinander die Wahlen zur National-
versammlung gewonnen.

Sie waren damals noch zu jung, sagte ich zum Richter,
aber man muss sich mal klarmachen, was dieses Jahr für
uns bedeutete, 1981. So ein Jahr ist schon ein eigenes
Ding, was für eine Tönung es bekommt und an welche
Gesichter man sich erinnert noch dreißig Jahre später,
und vor allem wurde 1981 ja außerdem Erwan geboren.

Es war sogar so, sagte ich zum Richter, noch in der
Klinik haben wir gesehen, wie das Gesicht von Präsi-
dent Mitterand auf dem Bildschirm erschien, also das
vergisst man nicht so schnell, der Countdown des Mo-
derators, als würde er meiner Frau beim Gebären helfen, und am nächsten Tag, ja am nächsten Tag hatten
wir also einen Sohn, und das Gehupe in den Straßen
die ganze Nacht klang, als würde es ebenso der Ankunft
von unserem Erwan gelten wie dem neuen Präsidenten.
Um so mehr, als das Hupen in den Jahren seither sich
schon weit in unsere Gehirne rein verzogen hat, es ist
sozusagen verhallt, jedenfalls in meinem Kopf, ja, sozusagen verhallt. Heutzutage verschrumpfeln die Ereignisse. Vielleicht gibt es dieses Wort nicht, verschrumpfeln, dann erfinde ich es eben für diesen Zweck, wo ich
schon mal von den zwanzig, dreißig Jahren spreche, die
durch uns durchgegangen sind oder neben uns vorbei,
das kann ich auch nicht so richtig ausdrücken, aber es
gab eben tatsächlich eine Zeit, wo wir eine Art frischen
Wind spürten. Heute liegt das Meer auch nicht gerade
glatt wie Öl da, aber ich hab vielleicht nicht mehr so das
Ohr dafür, für den frischen Wind. Denkt Erwan. Erwan
hat das oft zu mir gesagt, dass ich jetzt zu müde bin, um

den Wind noch woanders zu hören als auf See, dass ich schneller gealtert bin als im normalen Leben, während in ihm, da weht diese Art Wind immer noch und sehr laut, so laut wie die Musik, die er in seinem Zimmer immer hörte. Und jetzt würde ich es mir wünschen, dass sie da in seinem Zimmer noch weiter dröhnen würde, diese Musik.

Aber ich hatte genug, und Erwan wurde ja auch größer, da dachte ich, es wäre gut, mehr Zeit für ihn zu haben, und da habe ich nicht noch mal kandidiert. Das hat mir dann auch wirklich viel genutzt, ironisch gesagt, wenn man bedenkt, dass es ungefähr in der Zeit anfing, mit France bergab zu gehen – sie hieß France, also Erwans Mutter, beziehungsweise sie heißt immer noch so, aber ich nenne sie nur noch selten bei ihrem Namen. Sie findet, ich bin schuld an allem, was dann passiert ist, ich bin schuld, sagt sie. Mag sein, sie hat recht. Das habe ich auch mal zu ihr gesagt: Mag sein, du hast Recht, was da alles passiert ist, daran könnte durchaus ich schuld sein.

Jedenfalls fiel das dann zeitlich zusammen, in dem Augenblick, wo ich kein öffentliches Amt mehr innehatte, fand sie auf einmal, ich würde zu viel zu Hause rumhängen, von wegen, als ob wir Männer besser viel zu tun haben, sonst sind wir die ganze Zeit im Blick und werden schnell unerträglich, jedenfalls finden die Frauen uns dann bald unerträglich, wenn wir beim Kamin stehen und rauchen, statt, was weiß ich, Fenster zu putzen oder staubzusaugen, aber wenn wir jeden Tag erst um Mitternacht von Sitzungen des Gemeinderats kommen, das finden sie ganz normal. Ich glaub, das hat sie nie verstanden, die untätigen Stunden im Wohnzimmer, wenn ich mich mal getraut habe, den *Télégramme* zu kaufen und mich da aufs Sofa zu setzen und die Zeitung von vorn bis hinten durchzulesen. Klare Sache, dass sie dann lieber ging, zumal ich in den letzten Jahren die Anzahl der Stunden mindestens verdoppelt habe da auf dem Sofa, vor dem Spiegel, der über dem Kamin hängt, eben dem Spiegel mit den vielen blinden Flecken, derart vielen, dass ich, wenn ich da reinschaue, kaum mein Gesicht erkenne, eher irgendwelche Schatten und Schemen, die vor ihm entlangzuziehen scheinen. Ich habe darauf bestanden, dass sie mir den dalässt, den Spiegel überm Kamin. Es ist gar nicht mal so, dass ich nicht sehen wollte, was sich in ihm spiegelt, sagte ich zum Richter, aber ich kann nichts dagegen machen, wenn ich lange genug da reinschaue, werde ich irgendwie von dem dicken Glas eingefangen, mein Hirn gerät in diesen Nebel, der ist wie ein x-beliebiger Wintermorgen, wenn die Sonne versucht, sich im Dunst zu spiegeln, aber ganz blass und wie von der fleckigen Glasfläche in die Irre geführt. Je näher man rangeht, desto weniger kann man sich von diesen wolkigen Pickeln lösen. Manchmal verliere ich mich im Dunst dieses Spiegels, in meinem verschwommenen Bild, manchmal ist es mir sogar ganz recht, mich darin zu verlieren, andere Male aber, sagte ich zum Richter, da werde ich wütend auf den Dunst.

Mir wäre es ja lieber, sagte er, Sie hätten es dabei belassen, also auf den Dunst und nur den Dunst wütend zu sein.

Ja, so viel ist sicher, sagte ich.

Und damit ich seinem Blick nicht so lange standhalten musste, schlug ich die Augen nieder und schaute auf die Strafprozessordnung, die da auf seinem Schreibtisch lag, ich wagte nicht, auch nur einen Zentimeter über den Einband wegzuschauen, als wäre der eine allzu hohe Wand, die es zu erklettern gälte, um einen Blick darauf zu erhaschen, was auf der anderen Seite wartete – als warteten jenseits der Gesetze, jenseits der Artikel und Fußnoten in seinem Blick nicht die Verbrechen und aufsehenerregende Szenen, sondern nichts als Sühne und Strafen, so als würden sich da auf der anderen Seite des Buchs im Gesicht des Richters, den ich nicht ansehen wollte, bereits die Gefängnisflure abzeichnen, über die ich mich gehen sah, gesenkten Blicks und in Handschellen, und das Hafenbecken würde ich nur noch aus den Fenstern oben sehen können, während ich auf den Besuch von France wartete. Aber auch dafür, dass sie kam, auch dafür, so dachte ich, standen die Chancen denkbar schlecht.

Ja und dann, sagte ich zum Richter, hat er uns alle in die Tasche gesteckt. Heute sage ich: Wenn man nur eine Ahnung vom Dämon im Herzen der Leute hätte, wenn man den sehen würde statt einem glatthäutigen Lächeln, dann wäre man gewarnt, nicht wahr?

Und da senkte der Richter den Blick auf seinen Schreibtisch, schien zwischen den zahllosen dort aufgehäuften Papieren etwas zu suchen, schlug eine Akte nach der anderen auf, und dann nahm er ein Foto zur Hand, betrachtete es kurz und ließ es dann vor mir auf die Tischplatte gleiten, es war aus der Zeitung ausgeschnitten und stammte von jenem Tag, es zeigte den einen, Lazenec, wie den anderen, Le Goff, und ein paar andere Anzugträger füllten den Bildausschnitt – sie alle vor dem Modell, lächelnd wie Kinder auf einem Klassenfoto.

Schen Sie mal, sagte ich, wem sieht er ähnlich? Ihnen und mir auch.

Ach ja, meinte er, denken Sie nicht, dass der Teufel aussieht wie Robert Mitchum?

Nein, ganz sicher nicht wie Robert Mitchum – obwohl, ein Bild wie dieses könnte man sich gut in einem Film vorstellen, man bräuchte die Gesichter nur mit schwarzem Filzstift nachzuziehen und könnte das Ganze dann mit Reißzwecken an der Korktafel eines Kommissariats anheften. Na ja, jetzt habe ich gut reden, zwischen den Gläsern mit Weißwein, die herumgereicht wurden, wirkte damals sogar das Wort Bauträger wie mit Sonne beschienen.

Ich erinnere mich an Le Goffs Stimme, er spazierte vor dem Modell auf und ab und sagte zu mir: Wirkt total echt, oder? Dazu tätschelte er mir die Schulter, als wollte er irgendetwas Freundschaftliches wiederherstellen, das uns abhandengekommen wäre, etwas, das wir von nun an zu verlieren drohten, und er wanderte durch die Menge der Gäste mit demselben festen Schritt, als feierte er seinen Sieg bei den Wahlen, als hätte er auf einmal hier, angesichts des Modells, seine beiden Amtszeiten als Bürgermeister gerechtfertigt vor all den regionalen Größen, die sich hierherbemüht hatten, denselben, die nun einer nach dem anderen ihre Reden abspulten, die Zukunft priesen oder sich ironisch über das Klima ausließen. An jenem Tag wurde mir klar, dass sie tatsächlich beschlossen hatten, trotz des Nebels, der sich nie von den Werften erhebt, trotz des Windes, der an zwei von drei Tagen weht, dass sie tatsächlich beschlossen hatten, hier, ja hier so etwas aus dem Boden zu stampfen, einen Badeort – obwohl sie sich allesamt wohl hüteten, genau diesen Begriff auszusprechen, sondern nur bescheidenere Wörter verwendeten wie »Residenz« oder »Komplex«, ja, dieses Wort liebten sie besonders, »Immobilienkomplex«.

Alles in allem, sagte ich zum Richter, wirkte das Ganze wie eine Hochzeit. Die Frauen hatten sich ordentlich herausgeputzt. Kinder wuselten überall herum – nur Erwan nicht. Erwan blieb die ganze Zeit an meiner Seite. Ich weiß das noch sehr gut, es war am Tag vor seinem elften Geburtstag, und am Nachmittag erst hatte ich ihm versprochen, dass wir anderntags in die Stadt gehen und ihm eine neue Angelrute als Geburtstagsgeschenk kaufen würden. Ja, er war erst elf, als diese ganze Geschichte begann, noch hatte er seine Kinderstimme und dachte ganz sicher nicht daran, sich die Nasenflügel piercen zu lassen. Ganz sicher kann ich ihm heute nicht mehr über die Haare streichen wie an jenem Tag, ganz sicher würde er nicht mehr zu mir aufblicken, um zu fragen: Papa, kaufen wir eine Wohnung aus dem Modell?

Und ich, das weiß ich noch genau, ich antwortete lächelnd: Nein, ich glaube nicht, Erwan, dieses Projekt ist nichts für uns.

Le Goff stand nicht weit von uns entfernt und hatte mich gehört, also beugte er sich zu Erwan hinab und sagte zu ihm:

Weißt du, dein Vater gehört nicht zu der Art Leute, die etwas mit Immobilien anfangen …

Ich lächelte als Antwort nur, was auch sonst, ich hätte nichts zu sagen gewusst, war in diesen Dingen nicht weiter als ein Bengel von zehn Jahren, nicht weiter als Erwan, der das Modell ansah wie ein Spielzeug, das er gern gebaut hätte. Und wenn ich an jenem Morgen nur geahnt hätte, was für ein Räderwerk bald in seinen Gedanken losgehen würde, wenn ich verstanden hätte, dass man mit zehn oder elf schon derart empfänglich für die Geschäfte seines Vaters sein kann, dann hätte ich ihn auf jeden Fall weggeschickt, mit den anderen Kindern Verstecken spielen oder sonst etwas.

Vielleicht fand er mich etwas abwesend oder besorgt, ich weiß nicht, jedenfalls fühlte er sich veranlasst, etwas hinzuzufügen in der Art wie: Martial, machen Sie sich nichts daraus, für uns werden Sie immer unser Verwalter bleiben.

Ja genau, sagte ich, darüber wollte ich mit Ihnen reden, es ist mir etwas unangenehm, Sie das zu fragen, aber Erwan und ich fühlen uns sehr wohl dort, glauben Sie, ich kann dort wohnen bleiben neben all den großen Plänen?

Nicht weit von uns stand auch Lazenec selbst – er hatte sich die ganze Zeit nicht weiter als drei Meter von dem Modell entfernt, als müsse sein Schatten unablässig über die Gebäude und die Grünanlagen, über die kleinen Männchen auf den Dachterrassen streichen – er, Lazenec, war die eine Regenwolke, die sich ihnen vor die Sonne geschoben hatte. Darauf winkte ihm Le Goff kurz zu. Und er kam zu uns herüber.

Monsieur Lazenec, sagte Le Goff, kennen Sie Kermeur?

Selbstverständlich, antwortete er.

Er würde nämlich gern wissen, was mit seinem Haus bei der Einfahrt wird, wenn …

Und er konnte seinen Satz nicht beenden, denn Lazenec warf hin: Ja, stimmt, Sie haben mir von dieser kleinen Grunddienstbarkeit erzählt.

Dienstbarkeit?, sagte ich, was für eine Dienstbarkeit?

Und dabei schaute ich zu Le Goff, der auch selbst nicht auf die Verwendung eines solchen Begriffes gefasst sein konnte, aber für ihn kam es nicht infrage, dem anderen zu widersprechen, also behalf er sich, wie er konnte, mit einem »sozusagen«, einem »nun ja«, einem »Sie verstehen schon«, und ich sollte am Ende begreifen, dass »Dienstbarkeit« nicht »Sklave« bedeutete, aber eben doch irgendwie etwas mit »Stachel im Fleisch« zu tun hatte.

Und da blickte der andere, der Cowboy, mir endlich in die Augen, immer noch die Hand in der Tasche, und er sagte: Ja, ja natürlich, darüber müssen wir noch reden. Und als wollte er das Thema wechseln, ich weiß nicht, war das instinktiv oder was, schaute er jetzt Erwan an und fragte ihn, ob er sich für Fußball interessierte. Sie hören recht, sagte ich zum Richter, er sagte nicht: »machen Sie sich keine Sorgen« oder »natürlich finden wir eine Lösung«, nein, er fragte einen Zehnjährigen, der deutlich sichtbar einen rot-weißen Schal um den Hals trug, fragte ihn, ob er sich für Fußball interessierte. Erwan sah mich an, als zögerte er mit der Antwort, denn so war mein Erwan, ziemlich schüchtern.

Ich weiß, das könnte Ihnen heute ziemlich merkwürdig vorkommen, dass er schüchtern sein soll, aber ich kann Ihnen versichern, wenn er in dem Augenblick damals in meine Jackentasche kriechen und sich darin hätte verstecken können, er hätte es gemacht, und am Ende habe ich für ihn geantwortet, ja, selbstverständlich interessiert er sich für Fußball.

Ich verriet ihm nicht, dass wir eine Dauerkarte für das Stadion hatten, dass wir um nichts in der Welt ein Spiel versäumt hätten, immer pünktlich zur Stelle in der Fankurve, umgeben von dem Geschrei und der Kälte und den Nebelhörnern, die in der Nacht ertönten. Ich verriet ihm nicht, dass wir ihn, Lazenec, bereits gesehen hatten in seiner verglasten Loge, den gut geheizten Balkons, die den lokalen Honorationen vorbehalten sind – ihn, den Hemdenknopf stets geöffnet, im Gespräch mit dem Präsidenten oder dem Direktor des Supermarkts, dessen Name dick und fett auf den Trikots stand, während wir im Wind der Nordtribüne die Kragen unserer Anoraks hochschlugen. Und ich verriet ihm nicht, dass wir ihn dort zum ersten Mal am Abend nach seinem ersten Besuch im Schloss gesehen hatten: Wir wie immer auf der Nordtribüne, und wir erkannten ihn, Lazenec, wieder, das heißt, ich begriff, dass Erwan ihn erkannt hatte, denn er zupfte mich am Ärmel und deutete mit dem Finger nach dort oben zu einer Loge, er sagte: Das ist der Kerl von heute Nachmittag. Und ich schaute ebenfalls zu den Logen des Stadions hinauf. Und da begriff ich schon besser, warum Le Goff ihm nachlief wie ein Hündchen. Was ich jedoch nicht dachte, aber mittlerweile nur zu gut gelernt habe: Es ist nie ein gutes Zeichen, wenn man einem Typen gleich zweimal an einem Tag begegnet, den man bis gestern noch nie gesehen hat.

Hier, im Festsaal des Rathauses, während die Menge der Besucher sich allmählich ein wenig verlief und jeder mit seinen Prospekten und seinen Träumen von einem Badeort nach Hause ging, da bückte sich Lazenec zu Erwan, als wäre er ein alter Freund der Familie, und sagte zu ihm: Wenn du willst, kann ich dich mitnehmen, ich habe feste Plätze in der Mittelloge, und nach dem Match kommen ein paar Spieler zu uns hoch.

Und versuchen Sie einmal sich das vorzustellen, sagte ich zum Richter, versuchen Sie, sich das Licht vorzustellen, in dem das Hafenbecken lag an jenem Tag, als er tatsächlich mit seinem Sportwagen ankam und Erwan in die offizielle Tribüne des Stadions von Brest mitnahm. Ich selbst stand an jenem Abend wie immer im Wind am anderen Ende des Stadions, ich konnte meinen eigenen Sohn sehen, wie er schön im Warmen hinter Glas saß, Hostessen servierten ihm seinen Orangensaft auf Tabletts, neben ihm Lazenec, da saßen sie beide an der Seite des Präsidenten des Fußballklubs. Ja, versuchen Sie einmal sich vorzustellen, dass Erwan diesmal nicht mit uns anderen, die wir vom Wein leicht beschwipst waren, nach Hause ging, sondern nach dem Match stattdessen die Spieler in der Loge abliefen und Erwan ein signiertes Trikot schenkten. Noch heute könnten Sie seinen Kleiderschrank aufmachen, er hat immer noch mindestens ein Dutzend, dabei sogar eines mit der Unterschrift von Juan Cesar. Das müssen Sie sich mal vorstellen!

Nun ja, sagte der Richter, ich kenne mich mit Fußball überhaupt nicht aus.

Ja, ist schon klar, ich wollte nur sagen, diese ganze Geschichte …

Diese ganze Geschichte, sprach der Richter weiter, ist vor allem Ihre Geschichte.

Ja. Natürlich. Meine. Aber dann lassen Sie mich sie auch erzählen, wie ich will, sie soll ein wilder Fluss sein, der manchmal aus seinem Bett heraustritt, denn anders als Sie kann ich mich nicht mit meinem Wissen oder den Gesetzen wappnen, und wenn ich sie auf meine Weise erzähle, ich weiß nicht recht, dann berührt es mich in meinem Herzen, als würde ich schreiben oder etwas in der Art, vielleicht, als wäre nie etwas passiert oder sogar, oder vor allem, als könnte mir hier, während ich rede, während ich noch weiterrede, als könnte mir hier, ja, genau hier vor Ihnen überhaupt nichts passieren, als könnte ich zum allerersten Mal die Kaskade von Katastrophen anhalten, die seitdem unablässig über mich hereinbricht, wie Dominosteine, die ich selbst geduldig jahrelang aufgebaut hätte und die auf einmal ohne jede Vorwarnung allesamt nacheinander umstürzen würden.

Wie auch immer, es hat nicht lang gedauert, und schon streiften lauter Flanellanzüge durch die Straßen unserer Neubausiedlungen, machten sich mit ihren Planrollen auf den Sofatischen breit und leierten ihre auswendig gelernten Sätze herunter, fest entschlossen, den Verkauf einer Zwei-Zimmer-Einheit mit Seeblick durchzudrücken, vielleicht versuchten sie auch, ihre Herablassung angesichts der Deckchen auf den Esstischen nicht zu zeigen, denn ganz gewiss sah das viel zu sehr aus wie bei ihren Eltern zu Hause, und dabei waren sie selbst dreißig, oder wenn's hochkommt fünfunddreißig Jahre, und dass sie das hier machten mit ihrem Handköfferchen wie Geschäftsleute, mit rosa Hemd und schwarzen Kunstlederschuhen, das taten sie zuvorderst, um anders zu sein als sie, ihre Eltern, also anders als jene Generation, die immer noch auf ein paar fruchtbaren Jahren hockte, deren Putz an den vor zwanzig Jahren hochgezogenen Fassaden bereits Ermüdung und Verfall zeigte und schneller zerbröselte als das Kapital, das sie noch per Sparbuch auf der Sparkasse horteten. Ich weiß, wovon ich rede, ich hatte auch so ein Sparbuch.

Ob sie wussten, dass seit Kurzem die vierhunderttausend Francs Abfindung von der Marinebasis auf meinem Konto waren? Nein, die nicht. Nicht die kleinen Flanellanzüge. In ihrem Blick – ich sah sie, wie sie die Nachbarstraße heraufkamen, in der Art von Zeugen Jehovas, die kommen, um die Bibel zu erklären, und versteckte mich mehrere Male unter dem Fenster –, in ihrem Blick hatten sie dasselbe seltsame Leuchten, das unter den Türschwellen hindurchkroch, um das Wort Gottes zu verbreiten. Nur dass sie nicht von Gott gesandt waren, sondern von Lazenec.

Und es war, als hätte er, Lazenec, das Ganze schon lange vorprogrammiert, als hätte er das alles schon mit fünfzehn, sechzehn in einen Kalender über die nächsten dreißig Jahre eingetragen und als wäre es so genau in seinen Kopf eingraviert, dass er nicht einen Augenblick daran zweifelte, seine Ziele zu erreichen, denn die Erfahrung hat mich gelehrt, dass bei solchen Sachen alles von dem Meißel abhängt, mit dem man den Marmor bearbeitet, der uns als Gehirn dient. Und alles hängt von der Kraft ab, mit der man den Meißel ansetzt. Und er hätte ganz sicher nicht gezögert, mit voller Kraft ihn sich selbst aufzudrücken, um das auf keinen Fall misslingen zu lassen, diese Art geistiger Narbe, die ihn dahin bringen sollte, wo er hinwollte. Und uns mit ihm.

Ja, uns mit ihm, das habe ich oft gedacht, wenn ich auf dieses zwei Hektar große Grundstück blickte, dass sich vor meinem Fenster erstreckte und sich allmählich senkrecht in unseren Köpfen erhob, und zwar ausschließlich in unseren Köpfen, dank all der Wörter wie Zwei-Zimmer-Einheit, wie Solarium, wie Sportstudio, und eines

Tages, das schwöre ich Ihnen, eines Tages, da wurde an der Einfahrt zum Park ein Schild angebracht, auf dem stand: »Hier entsteht demnächst das bretonische Saint Tropez.«

Und ich weiß ja nicht, ob es am Ende gegen mich spricht, dass ich sozusagen eine Art Vorzugsbehandlung erhielt, ich meine, dass ich nicht mit diesen kleinen Unterhändlern zu verhandeln brauchte, deren Einkommen aus den Kommissionen besteht und die mich an die Muscheln erinnern, die sich auf dem Rücken von Walen festsetzen. Mir wurde, wenn man so will, das eigenartige Privileg zuteil, mit dem Lieben Gott persönlich zu sprechen statt mit seinen Heiligen, so oft kam Lazenec hierher, auf seinen Besitz – ja, auch daran musste ich mich gewöhnen, dass das Schloss, dieses Ding, das dreihundert Jahre lang allen gehört hatte, jetzt das Eigentum eines einzigen Mannes war, der so gut wie jede Woche mit allen möglichen Krawattenträgern angelaufen kam, einer als Sachverständiger für den Boden, einer für das Katasteramt – so oft also, dass er mich am Ende sogar mit dem Vornamen ansprach, so oft, ja, dass er mich am Ende umarmte.

Ja, Sie hören recht, sagte ich zum Richter, er hat mich umarmt. Sie waren vorher in Südfrankreich. Sie sind es gewohnt, dass ein Kerl alle Welt umarmt, einen Dolch im Ärmel. Wir hier finden natürlich, so etwas sieht man lieber in Südfrankreich als bei uns. Aber das hat uns nichts geholfen, es hat uns nicht geholfen, dass ganz deutlich schwarz auf weiß in unseren Schädeln geschrieben steht: Wenn einen ein Kerl derart herzlich umarmt, dann ist das ein Grund zur Sorge, ja wir wussten es zwar, aber wenn es einem dann passiert, hilft all das Wissen nichts.

Vielleicht hatte Le Goff ja auch recht, und ich hatte mich in der letzten Zeit zu sehr abseits gehalten, und sobald dann einer ankommt und die Einsamkeit aufbricht, schert man sich nicht weiter darum, wer das sein mag, solange sich alles in einem fügt wie ein Puzzlestück, das man selbst zurechtgeschnitten hat, damit es sich an die Formen der Seele anschmiegt. So. Vielleicht ist das das Wichtigste, das ich in den vergangenen zehn Jahren gelernt habe: Am Ende mag man immer irgendwann den, der einen mag.

So etwas hätte ich früher nicht einfach so zu Ihnen gesagt, aber letzthin hatte ich Zeit zum Nachdenken, Zeit, die Schrammen im Spiegel über dem Kamin zu betrachten und über die Farbe jeder Stunde des Tages zu meditieren, Zeit zu verstehen, ja dass ich wie ein Heidekrautbeet in der besten Jahreszeit war und alles in mir gesprossen und geblüht hätte wie bei einer Gartenschau, so sehr, dass Lazenec und ich, nun ja, ich glaube, irgendwann sozusagen miteinander sympathisierten.

Ich hoffe, Sie haben das gehört, ich sagte »sozusagen«, denn in Wirklichkeit müsste hier eine große Pause stehen, eine große Lücke, die man ungefüllt ließe, die nur aufgebläht wäre von dieser verpesteten Luft, die nicht viel später über dem Hafenbecken waberte, und auch, weil ich diesen Weg hundertmal in meinen Kopf abgeschritten habe, ich schwöre Ihnen, ich habe danach geforscht, wann die Dinge zwischen ihm und mir gekippt sind, und alles, was ich jetzt, sechs Jahre später, hier vor Ihnen sagen kann, sagte ich zum Richter, alles, was ich gefunden habe, ist dieses »sozusagen«. Denn die Frage, wann einer, wie er sich über einen hermacht, ist nicht zu beantworten, die Frage, in welchem Augenblick er zusticht.

Und ich glaube schon, dass ich in diesem Moment an die Decke blickte, die uns beiden als Himmel zu dienen schien, denn unsere ganze Welt, die des Richters und meine, befand sich nun in diesem Büro.

Also gut, aber dennoch, sagte er dann, hat es für Sie einen Anfang gegeben.

Ja, das ist wahr, es gab einen Anfang für mich, ich sollte besser sagen: einen Riss. Es gab einen Riss in mir, und Lazenec drang hinein wie der Wind, denn er hatte ebenso viel Kraft wie der Wind, stets bereit, sich über den kleinsten Spalt der falschen Mauer herzumachen, die ich dabei als echten Backstein hinzustellen versucht hatte, aber nun ja, ich bin eben nicht aus Granit. Wie sollte ich sonst erklären, dass ich eines Tages unversehens auf dem Beifahrersitz seines Porsches über die Schnellstraße am Meer entlangfuhr, um im Hafen ein Bier zu trinken, mit dem einzigen Vorwand, übers Angeln und Boote zu sprechen, ja, vor allem darüber, Boote, denn er hatte sich gerade eines gegönnt, ein Boot, ausgerechnet genau dasselbe Modell wie das, das ich mir mit dem Geld von der Marinebasis kaufen wollte – ja, was für ein Zufall, sagte ich eines Tages zu Lazenec, denken Sie mal, ich wollte mir dasselbe Modell kaufen.

Woher hätte ich denn wissen sollen, dass ich da, indem ich das sagte, diesen banalen Satz wie tausende andere auf der Schwelle meines Hauses, als er wie üblich gehen wollte und wir wie üblich über das Angeln redeten und ich unglückseligerweise das zu ihm sagte, dass ich mir auch gerne einen kaufen würde, einen neun Meter langen Merry Fisher, woher hätte ich da wissen sollen, dass man mit ein paar wenigen dahingesagten Worten sein Unglück derartig besiegeln konnte?

Nein. Das Unglück besteht nicht darin. Das Unglück besteht darin, dass ich erkennen ließ, ich hätte das Geld, um es zu tun, ich könnte es tun, das heißt, ein Typ wie ich, so dachte er, wie war es nur möglich, dass ein Typ wie ich sich einen Merry Fisher leisten konnte?

Ich erkannte sofort, dass er so etwas dachte, weil er auf einmal so ein neutrales Gesicht aufsetzte, es ein wenig erstarren ließ, um seine Überraschung zu verhehlen. Und auf seine typische indirekte Weise fragte er mit genau der richtigen Prise Herablassung:

Gebraucht?

Neu, sagte ich. Ich kauf mir einen neuen.

Dann stand er da, ohne etwas zu sagen. Vielleicht ein kleines nervöses Zucken mit den Schultern. Und Sie, was hätten Sie gemacht, fragte ich den Richter, angesichts eines reglosen Gesichtes, das zu meinen scheint, Sie schuldeten ihm Rechenschaft? Denn genau das geschah: Ich malte mir aus, was er dachte, und darum meinte ich, ich müsse antworten, müsse hier, gleich vor ihm, erklären, wie es nur möglich war, dass ich, Martial Kermeur, Facharbeiter in der Marinebasis von Brest, wie ich mir einen neun Meter langen Merry Fisher leisten konnte, und zwar einen neuen. Und was tat ich? Na ja, ich erzählte alles. Von den Kündigungen. Dass sämtliche Männer aus der Gegend ihre Abfindung bekommen hatten. Ich eine von vierhunderttausend Franc. Und ich merkte, dass ihn das sehr interessierte.

Wissen Sie, woran ich das merkte? Zum allerersten Mal redete ich länger als eine Minute am Stück, ohne dass er mich unterbrach. Nichts dergleichen, er lauschte mir ohne eine Frage, ich weiß ja nicht, wie ein Psychologe, dem man zum ersten Mal seine Geschichte erzählt und der einem Zeit gibt, sie auszurollen wie einen roten Teppich. Wie aber hätte ich hier, an der Schwelle meines Hauses, wissen können, dass ich diesen roten Teppich nicht für mich selbst ausrollte, sondern für ihn?

An dem Abend jedoch fuhr er fort, als ob nichts wäre, er setzte sich hinter das Steuer seines Porsches, als ob nichts wäre, und fuhr los. Und denken Sie, frage ich den Richter, dass er mich danach dann direkt angesprochen hätte? Natürlich nicht. Und denken Sie, dass ich mich so leicht hätte weichklopfen lassen? Natürlich nicht. Im Gegenteil, er ließ genügend Zeit verstreichen, die Tage schichteten sich über meine Sätze und machten sie vergessen, schlimmer noch, machten vergessen, dass sie eine Verbindung untereinander haben könnten – recht bedacht, lüfte ich erst heute, vor Ihnen, indem ich meine Erinnerungen zusammenfüge, lüfte ich erst heute den Schleier, den er sorgsam entfaltet und ausgebreitet hat, um alle Einzelteile darunter zu zerstreuen.

Und als er dann vielleicht einen Monat später, mehr oder weniger, wieder auf der Schwelle des Schlosses auf das Thema Angeln und Boot zurückkam und auf den Merry Fisher, den er sich gekauft hatte, erkannte ich nicht die Verbindung, die sich in seinem Kopf gebildet hatte, nämlich dass das für ihn, Sie verstehen, ein guter Vorwand war, um zu sympathisieren, denn das wollte er vor allem, sympathisieren – und zwar genug, dass wir beide eines Tages gemeinsam vor seinem neuen Boot stehen würden.

Und genauso kam es. Er nahm mich zum Hafen mit. In seinem Porsche. Er stellte im Autoradio eine grauenhafte Musik an, und wir fuhren über die Brücke, die das Hafenbecken überspannt. Und dann standen wir lange da, auf dem Ponton A des Yachthafens, mit verschränkten Armen vor einem Merry Fisher 930, und plauderten friedlich miteinander, ja, friedlich, denn die Pontons in einem Hafen könnten die gesamte Erde befrieden, zumal, wenn man Schlag achtzehn Uhr auf sie hinaustritt, zumal, wenn die Sonne sich hinter der Hafenausfahrt herabsenkt und ihr großes schneidendes Licht ausstrahlt, bevor sie verschwindet.

Dort, oberhalb des Meeres, auf der anderen Seite des Hafenbeckens, sagen wir direkt uns gegenüber, als stünde es dort für ewig, grüßte unser Schloss im vollen Licht.

Von hier aus, sagte ich, könnte man es fast für ein echtes Schloss halten.

Ja, stimmt, meinte er. Doch fast schade, dass wir es abreißen müssen.

Abreißen?, fragte ich.

Und während ich noch versuchte, seinen Satz zu verdauen, gingen wir schon wieder Richtung Kai, ich verstellte ihm den Weg, wollte ihm klarmachen, dass ich das nicht verstanden hatte, im Gegenteil, auf dem Modell dachte ich doch, das Schloss …

Ja, was wollen Sie, sagte er, das Projekt entwickelt sich eben, und Sie werden schon sehen, Kermeur, so wird das noch viel schöner.

Ich lief über die Gangway hinter ihm her und wusste nicht, was ich denken sollte. Er aber verstand es in solchen Momenten, für zwei zu denken, wenn man denn sagen kann, die Idee, jetzt ein Bier zu trinken, bedeutete, für zwei zu denken, während wir uns von den stummen Masten der Boote entfernten und uns dort niederließen, auf der Terrasse der einzigen Bar, die am Yachthafen geöffnet hatte, sie lag wie ein Balkon über dem Meer. Und eins ist mal sicher, sagte ich zum Richter, ganz sicher kann man unmöglich wissen, ob so einer einen nur darum zum Bier einlädt, weil er an dem Abend allein ist, oder ob er einen Plan im Hinterkopf hat oder auch einfach nur stolz auf sich selbst ist, weil Sie der allerletzte Mensch sind, mit dem hierher zu gehen er jemals gedacht hat, stolz also auf die eigene Überheblichkeit, denn einer wie der, das ist mir seitdem klar geworden, einer wie der will immer sowohl die Butter als auch das Geld für die Butter behalten, und das Buttergeld, ja das Buttergeld bestand für ihn, Lazenec, darin, dass er sich für eine Weile als mein Freund fühlen konnte. Und ich, in gewisser Weise begleitete ich ihn in dieser seiner Freundschaft.

Letzten Endes, sagte er, sind wir beide uns ein bisschen ähnlich, wir sind beide Verwalter, jeder auf seine Weise.

Ich glaube, ich verzog den Mund etwas unschlüssig, sodass es zugleich Zustimmung und Distanz ausdrückte, aber keinen Anlass zum Reden gab – er blickte indessen weiter in die Ferne, als hätte allein schon sein Blick das alte Gebäude, das uns als Schloss galt, bereits ausradiert, und ich meinerseits sah es in der Zukunft nach und nach verschwinden, während er eine Rede hielt von wegen der Vorzug der Gegend bestehe darin, dass der Quadratmeter noch erschwinglich sei, und der Preis sei stabil, und das hier sei einer von den Orten, an denen man gar kein Geld verlieren könne, im Gegenteil, dank Investitionen wie der seinen werde er steigen, der Quadratmeterpreis, noch ganz zu schweigen von der wirtschaftlichen Spannkraft der Halbinsel, und ich lauschte ihm, wie er seine Ansprache entfaltete, mit seiner ihm ganz eigenen Art, so zu tun, als ob er über all das, über diese Geschichten von Immobilien und strahlender Zukunft, nur so nebenbei mit mir redete, ohne dass es mich direkt betreffe, er erwähnte es mit genau der rechten Dosis Ungeniertheit, auf die sollten Sie achten, sagte ich zum Richter, seine Ungeniertheit, die Art, wie er mit Ihnen spricht, als ob er es auch wieder nicht zu tun bräuchte, und Ihnen diesen Eindruck vermittelt, als würde all das, wovon er spricht, woanders stattfinden, fern, ohne Sie, bis Sie selbst am Ende, wenn alles wunschgemäß verläuft, nur noch einen einzigen Wunsch haben, nämlich ein Teil davon zu sein. Und Lazenec weiß das. Dass es so funktioniert, das weiß er.

Jetzt erzähle ich Ihnen das so, als hätte ich von Anfang an alle Schlüssel in der Hand gehabt, aber es war natürlich ganz anders, natürlich war ich so blind wie der Apostel Paulus, nachdem er vom Pferd gestürzt war. Und kann ich Ihnen schildern, wie die Dinge tatsächlich verlaufen sind, wie die Zeit sich allmählich zu Regentagen auflöste, nein, es ist wie eine Schicht Nebel, man weiß nie, wo er sich als Erstes senkt und auf welchem Teil der Straße er steht. An diesem Abend war mir, als würde alles mit einer einzigen langsamen Bewegung eingehüllt, wie mit einem sehr dicht gewebten Stoff, dessen einzelne Maschen man nicht mehr sieht, wegen der Art, in der sich seine Wörter irgendwann absetzten wie Schwemmgut am Grund eines Flusses. Für den Zufall gab es hier keinerlei Spielraum mehr, als er mir hinwarf, in einer Weise, als falle er sich selbst ins Wort:

Aber vielleicht müsste ich mich bei Ihnen entschuldigen, Kermeur.

Entschuldigen?, fragte ich, wofür denn?

Weil ich Ihnen gar nichts angeboten habe.

Er sagte das mehr oder weniger ins Blaue hinein, aus Höflichkeit vielleicht, jedenfalls glaubte ich, er hätte es so gesagt, denn auf dem Tisch lag schon ein Geldschein als Bezahlung für unsere beiden Biere, und ich wusste ja noch nicht, dass ein Dutzend Männer wie ich mehr oder weniger dieselbe Situation erlebt hatte, also ähnlich freundschaftliche Stunden, inszeniert zu seinen eigenen Zwecken, oder, mit seinen Worten, um auf keinen Fall ein solches Schnäppchen zu verpassen, ein nagelneues Appartement mit Blick auf die Bucht.

Dazu muss man noch sagen, er hat das Ganze nie als etwas hingestellt, wo man wohnen sollte, er sprach von Investition und Einkünften, aber niemals vom Wohnen, sodass immer eine Architektenzeichnung ohne Körper im Inneren blieb, und in den zwei Stunden, die wir in der abendlichen Kühle im Hafen verbrachten, hörte ich kein einziges Wort, das mit Leben oder Wohnen zu tun gehabt hätte, als dienten Wörter wie »funktional« oder »hell« oder »modern« nur als Ergänzung für den Begriff »fristgerechte Fertigstellung«. Ich weiß noch, wie ich ihn fragte: Was genau soll das heißen, »fristgerechte

Fertigstellung«? Ich bin nicht sicher, ob ich seine Antwort ganz verstanden habe, aber ich erinnere mich, dass man an der eingehaltenen Frist viel verdienen konnte angesichts der zehn oder zwölf Prozent jährlicher Rendite, obwohl ich auch hier nicht sicher bin, was genau das bedeutete außer angeblich noch etwas mehr Geld für den Eigentümer.

Und ich hätte am liebsten an jeden seiner Sätze ein Wort wie »wahrscheinlich« angehängt, wie »vielleicht«, spätestens heute, wo ich es erzähle, da wäre ich nicht um solche Adverbien verlegen, doch damals, damals hatte ich, glaube ich, nicht Zeit genug, um die Dinge so zu sehen, mit Adverbien, sondern ich wurde von den Informationen, die er aufhäufte, verschüttet, dabei tat er so, als rede er ganz allgemein, also für alle und jeden außer mir, und würde sich bemühen, mich als selbstständiger hinzustellen, als ich es war, und auch an jenem Abend gelang ihm das ganz hervorragend, als er sagte: Kermeur, es steht mir nicht zu, Ihnen zu sagen, was Sie tun sollen, Sie sind Ihr eigener Kapitän.

Und Sie können sich gar nicht vorstellen, sagte ich zum Richter, allein bei dieser Vorstellung, als Kapitän am Steuer zu stehen, da gibt es unvermittelt in einem Gehirn wie meinem drei Meter hohe Wellen, wie Wassermauern ragen sie unter meinem Schädel empor, ich stehe in meinem Schiffchen, als wäre ich mutterseelenallein mitten auf dem Ozean, und neben mir ein riesenhafter Dampfer in voller Fahrt gen Amerika. Und wegen dieses Gefühls gab es unter meinem Schädel etwas wie eine magische Gewehrkugel, die zur einen Seite herein-, zur anderen herausschoss und sämtliche

Fenster zerbersten ließ. Und zugleich mit diesem Querschläger, der mehr Schaden anrichtete als ein in einen See geworfener Stein, ich sage absichtlich »zugleich«, war da etwas in mir, das anschwoll, vor Stolz oder ich weiß nicht weswegen, vor Selbstherrlichkeit, vor etwas, das sagte, ja, stimmt, du bist dein eigener Kapitän – und ohne zu erkennen, dass er, Lazenec, sich bald in meinem Stolz, meinem Widerstand, meiner Entscheidungsfreiheit räkeln würde wie auf einem Ledersofa, dessen Nähte er selbst verstärkt hat.

Und wir tranken weiter unser Bier und blickten aufs Meer im Sonnenuntergang. Und wir redeten weiter über das Angeln und sein neues Leben in unserer Gegend und all die Zukunft, die sich der Halbinsel eröffnete, beziehungsweise er setzte weiter sehr behutsam Samenkörner in mein Gehirn, ganz ähnlich, wie wenn man ein Feld besät, ich meine, mit der Leichtigkeit dessen, der nur zu gut weiß, dass es nicht jedes Mal aufgeht, dass das Samenkorn auch auf einem Stein verderben oder von Vögeln aufgepickt werden kann, doch dass das unwichtig ist, denn angesichts der vielen weitflächig ausgestreuten Körner werden genügend keimen, um einen gleichmäßigen Rasen zu bilden, ja wirklich, sagte ich zum Richter, das ist ganz genau so.

Und abgesehen davon, na ja, das Korn hat dann ja auch gekeimt.

Von diesem Moment an, sagte ich zum Richter, war es, als hätte der Kapitän, der angeblich bei mir in meinem Hirn wohnte, das Boot verlassen, bevor sich der Schiffbruch noch überhaupt andeutete. Dieser Kapitän, der über fünfzig Jahre lang in mir gewohnt hatte, ohne je zu schwanken, verschwand ganz plötzlich mit schreckgeweiteten Augen angesichts eines fernen Felsens, und dann stand er am sicheren Ufer und sah zu, wie das Gefährt unterging.

Das Denken ist schon eine eigenartige Sache, oder? Weit ist es ja nicht vom Gehirn zu den Lippen, aber manchmal kann es schon wirken, als wären es etliche Kilometer, als entspräche die Strecke, die ein Satz zurückzulegen hat, der Durchquerung eines Kriegsgebiets mit einem Sack voll Steinen auf den Schultern, sodass der Gedanke, der so fest und solide wirkt und hundertmal erwogen ist, sich auf einmal am liebsten hinter etwas wie Sandsäcken verkriechen würde. Wie auch immer, was ich sagen will, statt an den Tagen danach klar und deutlich Nein zu sagen, was ich innerlich nämlich sagte, statt mich an meinen Platz als Hausmeister zurückbringen zu lassen, den freundschaftlichen Blick auf mir und in meinem Herzen, stattdessen griff ich eines Tages zum Telefon und hörte mich selbst mit gespenstergleicher Stimme sprechen, ich sagte »Lazenec?«, ich sagte »warum nicht?«, ich sagte »wann soll ich unterschreiben?«.

II

Jetzt stand der Richter am Fenster und schaute hinaus. Und wie er so im Gegenlicht dastand, die Hände im Rücken verschränkt, hätte ich ihn zwanzig Jahre älter geschätzt, denn das Alter der Leute variiert von einer Minute zur anderen, es braucht sich nur das Licht zu verändern oder ein Gesicht sich zu verschließen. Und es wurde nicht besser, als er sich umdrehte, dasselbe Gesicht jetzt dunkel im Gegenlicht, nur die Stimme aus der Dunkelheit hervor: Kermeur, verflucht noch mal, Kermeur, wie konnten Sie nur?, und zugleich ließ er seine Faust auf den Schreibtisch krachen, beinahe hätte er in seiner Wut die Dokumente von der Platte gewischt.

Ich glaube, das jagte mir Angst ein, dass einer, der die Ruhe und Kälte der Gesetze verkörpert, dass der so aus der Haut fahren konnte, ja, das jagte mir Angst ein, und ich blieb starr sitzen, den Blick in den Boden gebohrt, und ließ seinen Satz sich auf den Brettern des verschlissenen Parketts verlieren, das unter unseren Füßen knarrte. Ich weiß nicht mehr, was in diesem Augenblick geschah, ich weiß nicht, ob er diese Frage noch zwei oder drei Mal wiederholte oder ob sie nur pochend in mir nachhallte, ich weiß, dass ich danach nur noch sagen konnte: Darf ich bitte mal für ein paar Minuten raus?

Er schaute auf seine Uhr, dann auf die Uhr an der Wand hinter mir, als wollte er sich vergewissern, dass sie auch wirklich übereinstimmten, und ohne eine Antwort kam er dann um seinen Schreibtisch herum, öffnete die Tür und rief nach dem draußen postierten Polizisten, damit der mich durch die Flure eskortierte. Ich hätte in diesem Moment weglaufen und mich aus dem Fenster auf die Treppe des Gerichtsgebäudes stürzen können, vielleicht aber wusste er, dass ich das nicht tun würde.

Sein Satz hallte in den heruntergekommenen Fluren wider, und sogar da, während ich auf den Harnstrahl blickte, der in das Becken prasselte, war immer noch seine Stimme und wiederholte vor den Wandfliesen der Toilette: Verflucht noch mal, Kermeur, wie konnten Sie nur? Der Satz fraß an mir wie Insektengift, auf einen Käfer gesprüht, als wäre mein eigener Körper in diesem Moment genau das, ein vom Wind niedergedrückter Käfer. Dann ging es denselben Weg zurück, und ich kam wieder in das nachlässig gestrichene Büro, der Richter saß wieder auf der anderen Seite seiner Strafprozessordnung, er hatte sich hingesetzt, hatte die Wut abgewischt, die auf seinem Körper kreiste, als ob das Leder seines Stuhls ein beruhigendes Molekül verströmte, und ich konnte nicht erkennen, ob er mir wirklich vorwarf, dass ich unterschrieben hatte, oder ob es ihn reute, sich wegen eines Typen dermaßen aufzuregen, den er ganz sicher bald zum Gefängnistor begleiten würde.

Und er sagte nichts. Und ich sagte ebenso nichts. Und in das andauernde Schweigen gehüllt, fragte ich mich jetzt, ob das nicht das Beste war, um auf den Grund der Dinge zu schauen, in der Art eines Teiches, der ungestört bleibt und wegen dieser Ruhe klar ist, während wir in den letzten Jahren im Gegenteil sämtlichen Schlamm an die Oberfläche gerührt hatten, ebendie Art Bilder, die mir in den Sinn kommen, wenn ich an klares Wasser denke. Damit hätte ich mich ohne Weiteres zufriedengegeben, dachte ich später oft, sozusagen mit der Oberfläche eines Sees, doch der Richter, der wollte, dass ich weiter hinabstieg, dahin, wo die Dinge schlafen oder gleiten oder sich untereinanderschieben wie tektonische Platten, er, er wollte weiter bohren, um etwas zu erhalten wie essenzielles Öl oder etwas in der Art. Er wollte, und ich wollte nicht. Ich sagte mehrmals zu ihm, alles sei doch da, vor unseren Augen, es sei verkehrt, in eine tote oder kaputte oder vertraute Zeit zurückkehren zu wollen, jedenfalls eine Zeit, die weder die Stunden noch die Beschämung wiederbringen würde, und selbst wenn, fragte ich ihn, was gäbe es schon zurückzubringen?

Ein Phantom, sagte er.

Ja, wahrscheinlich ein Phantom.

Und dann wäre ich am liebsten selbst aufgestanden, ebenfalls die Hände im Rücken verschränkt wie ein alter weiser Mann, der seinem Schüler die Dinge des Lebens erklärt, stattdessen blieb ich ihm gegenüber sitzen, nur dass ich den Kopf zu dem Regal voller in bordeaux- oder violettrotes Leder gebundener Bücher wandte, Dutzende Bände voller bürgerlichem Recht oder Seerecht, die dort langsam verblichen, wenn denn selten einmal die Sonne scheinen wollte, und alle Antworten der Welt zu enthalten schienen. Und als wäre ich ein wildes Tier, das man nicht erschrecken dürfte, fragte er noch einmal, der Richter, jetzt ruhiger, fast flüsterte er: Verflucht noch mal, Kermeur, wie konnten Sie nur?

Kennen Sie die Geschichte von dem Typen, der beinahe im Lotto gewonnen hätte?, fragte ich. Es kommt ja nicht oft vor, dass man jemanden kennt, der im Lotto gewonnen hat, aber jemanden, der beinahe gewonnen hätte, das ist wohl noch viel seltener. Stellen Sie sich einen vor, der zehn Jahre lang auf dieselben Zahlen setzt, jede einzelne Woche, ohne es jemals zu vergessen, und dann passiert es ausgerechnet an diesem Tag: Ausgerechnet an dem Tag, wo diese sechs Zahlen gezogen werden, an diesem Tag hat er seinen Schein nicht abstempeln lassen. So unglaublich es ist, es ist doch wahr: Die Chance, im Lotto zu gewinnen, steht eins zu dreizehn Millionen, und die, dass einer vergisst, seinen Schein abstempeln zu lassen, dürfte ungefähr ebenso stehen, und doch gibt es Leute, denen es gelingt, das eine mit dem anderen zu kombinieren. Ich kenne einen, dem das gelungen ist, und es ist weder ein Nachbar noch ein Onkel, nein: Ich bin es selbst.

Jahrelang, sagte ich zum Richter, hatte ich jede Woche in meiner Tasche einen Lottoschein, sorgfältig gestempelt, sorgfältig gefaltet. Tagsüber fühlte ich öfter mit den Fingern danach, um mich in dem Glauben zu wiegen, ich könnte vielleicht eines Tages tatsächlich Millionär sein. Und so saß ich jede Woche mit Erwan und France zur Ziehung der Lottozahlen vor dem Fernseher, vor der jungen Frau, die lächelnd die Zahlen ansagte, und danach nahm das Leben wieder seinen normalen Lauf, das heißt, es hatte ihn ja nie verlassen, aber ich hatte den ganzen Tag, die ganze Woche daran glauben wollen, ich verließ den normalen Lauf jedes Mal, wenn ich die Hand in die Hosentasche steckte – um nach ebendem Schein zu fühlen, den ich ausgerechnet in jener Woche, aus welchem Grund auch oder ohne welchen Grund auch, den ich jedenfalls, so viel ist sicher, nicht hatte abstempeln lassen.

Wir drei saßen an diesem Samstag wie üblich vorm Fernseher auf dem Sofa, wie üblich würden wir im Lotto verlieren, und wir waren zufrieden. Wie ich dreingeschaut haben muss, als die erste Zahl, die zweite Zahl, die dritte Zahl gezogen wurde, und ich wurde blass, als mir einfiel, dass sich an diesem Morgen, ja, dass sich an diesem Morgen, nein, das kann nicht sein, das darf nicht sein, aber es war zu spät, als die sechste Zahl gezogen wurde, war es viel zu spät.

Erwans Gesicht, er hatte keine Ahnung. Frances Gesicht, sie war aufgesprungen und dachte, dort, auf dem Bildschirm, das waren tatsächlich unsere Zahlen. Und ohne mich zu rühren oder einen der beiden anzuschauen, sagte ich: Ich hab ihn nicht abstempeln lassen.

Die Stille danach. Die junge Frau lächelte dämlich vom Bildschirm herab und wiederholte die Zahlen, 2, 5, 12, 24, 27, 31, und die Zusatzzahl, natürlich die 7, immer war unsere Zusatzzahl die 7, und sie lächelte mit einem riesengroßen Lächeln auf uns herab.

Und dann, ich weiß nicht, dann nahm France die Fernbedienung, schaltete den Apparat aus und verschwand in der Küche. Ohne ein Wort. Erwan und ich saßen beide da, vor dem abgeschalteten Fernsehapparat. Wir spiegelten uns im grauen Bildschirm, unsere Gesichter waren verschwommen wegen des Staubs, das weiß ich noch, so saßen wir eine Weile da, ebenfalls wie abgeschaltet.

Das ist nicht weiter schlimm, versuchte ich zu denken, nein, das ist nicht weiter schlimm, ich versuchte es zu sagen, immer leiser, immer falscher, ich presste mich so tief wie noch nie in den Schaumstoff des Sofas, wenn mein Körper gekonnt hätte, er wäre in den Kissen versickert, mein Adamsapfel wanderte auf und ab vor Erregung und mit dem absurden Vorhaben nachzusehen, ob ich tatsächlich gegen alle Gewohnheit den Schein nicht hatte abstempeln lassen, ich konnte es selbst nicht glauben. Noch als ich ins Bett ging, glaubte ich es nicht. Ich versuchte mir einzureden, dass das ja nichts änderte, das wollte ich gerne denken, gewinnen, ja, das verändert das Leben, verlieren, nein, ans Verlieren sind wir gewöhnt, das verändert nichts und alles geht weiter wie gehabt. Aber verlieren ist nicht gleich verlieren. Und woher soll man wissen, woran dies liegt oder das liegt, wenn das Schicksal zuschlägt wegen einer solchen Kleinigkeit, man weiß ja nicht mal, ob man dieses Missgeschick eine Kleinigkeit nennen kann, die einen wahrscheinlich noch lange benommen machen würde, denn es ist ja durchaus nicht dasselbe, nein, ob Sie so eine Geschichte erzählt bekommen oder sie Ihnen selber passiert, eines schönen Samstagabends auf dem Sofa.

Und Ihre Frau?, fragte der Richter.

Meine Frau? Nichts. Von meiner Frau kein Wort. Vielleicht braute sich schon das Unwetter zusammen, ich weiß nicht, und ich behaupte nicht, es hätte dazu beigetragen, dass sie mich verließ, ich sage nicht, es hätte seit diesem Tag einen Riss gegeben, aber es stimmt schon, es kam alles auf einmal, wenn man das Leben genau betrachtet, läuft alles in ein paar Punkten zusammen, und in der übrigen Zeit, nichts, oder vielleicht doch, in der übrigen Zeit zahlt man das zerschlagene Geschirr ab.

Jedenfalls stelle ich mir heute das letzte Jahrzehnt so vor, wenn ich seine durchgehenden Linien hier vor Ihnen ausbreite, es wird wie ein Lenkdrachen, den ich am Strand steigen lasse, als hätte ich auf einmal einen klaren und fast übernatürlichen Blick auf die vergehende Zeit, aber in der Rückschau, sagte ich, ist es immer leicht, alles zu einem Schicksal zusammenzuknüpfen und die Jahre mit irgendwelchen Pflöcken oder Eckpfosten oder sogar einer Farbe zu versehen, die über ihre endgültige Tönung entscheidet. Andererseits, solange man darin steckte, in jedem neuen Jahr, das mit einer Flasche Champagner eröffnet wurde, hat uns ja niemals jemand am Neujahrstag eine Generalstabskarte gegeben, um uns den Weg in die zukünftigen Zeiten zu weisen. Nie etwas anderes als die leicht verschwommenen Linien, die wir jeder selbst zu ziehen versuchen, um mit den Jahreszeiten Schritt zu halten, aber mehr auch nicht. Und das ganze Problem besteht darin, dass man allein um die Kurven kommen muss. Was allerdings mich selbst betrifft, so denke ich nicht, dass ich noch viele Kurven zu nehmen habe. Das ist der Vorteil der Dummheit: Man bleibt auf der Kreuzung stehen und wartet, bis man über den Haufen gefahren wird. Ich will sagen: War es etwa meine Entscheidung, dass meine Frau so gut wie ohne Vorwarnung von heute auf morgen ging? War es etwa meine Entscheidung, drei Viertel des Personals der Marinebasis zu entlassen?

Wie auch immer, sagte ich zum Richter, sie fand einen anderen. Ja, France fand einen anderen – einen neuen Partner. Sie nannte das selbst so, »einen neuen Partner«, wenn sie Erwan an den Wochenenden abholte, auf der Türschwelle stehen blieb und ich sie spontan einlud hereinzukommen, aber das lehnte sie ohnehin ab.

Und Erwan, fragte der Richter, Erwan wohnte bei Ihnen?

Ja, Erwan wohnte bei mir, das hatte er so entschieden. Fragen Sie mich nicht warum. Es war einfach so. Ich weiß nur, dass es France nie gefallen hat. Stellen Sie sich vor, eine Mutter und ihr Sohn. Und er entscheidet sich für den Vater. Vielleicht brauchte sie deshalb diesen »neuen Partner«, vielleicht war das ihre Art und Weise, damit klarzukommen. Tatsächlich habe ich, wenn sie von diesem neuen Partner sprach, nie ganz unterscheiden können, ob es ihr ein wenig peinlich war oder sie Mitleid mit mir hatte oder sie schlicht und einfach stolz war: stolz darauf, dass sie die richtige Entscheidung getroffen hatte, sich nicht länger mit mir zusammen zu vergraben, wozu ich heute nur sagen kann nach all den einsamen Stunden, die für mich waren, als wäre eine jede davon ein Hieb mit der Hacke, den sie auf meinen Kopf niedergehen ließ, wozu ich heute nur sagen kann, sie hat mehr als gut daran getan.

Das Einzige, was ich nicht wissen will, Herr Richter, ist, ob das schon vorher angefangen hatte.

Was denn, was sollte vorher angefangen haben?

Ihre Affäre mit ihm. Dem neuen Partner. Denn vergessen Sie nicht, sie hat mich verlassen und nicht umgekehrt, darauf lege ich Wert, da werde ich wohl das Recht haben, mich zu fragen, Sie verstehen, das Recht, mich zu fragen, seit wann, Sie entschuldigen, dass ich das so sage, ja, aber seit wann sie wusste, wie es in seinem Schlafzimmer aussieht.

Doch all das schien den Richter nicht weiter zu interessieren, er blieb ebenso teilnahmslos wie ein Arzt gegenüber dem Gejammer seiner Patienten. Ob Arzt, ob Richter, denke ich seither, das sind keine Leute, die sich viel mit Gefühlen abgeben, im Gegenteil, sie sind viel zu sehr damit beschäftigt, das Geäst der Gefühle auseinanderzustemmen und das Unterholz zu reinigen, in dem sie sitzen. Wenn er mich ansah, der Richter, war mir manchmal so, als wäre sein Blick eine Machete, mit der er sich einen Weg durch mein Inneres bahnte, als zielte er auf einen Mittelpunkt, der mir selber unbekannt war, etwas, das er vielleicht einfach als die Tatsachen bezeichnen würde, weil er dachte, im Inneren dieser Tatsachen wäre die Wahrheit verborgen. Dann würde sie, die Wahrheit, plötzlich von ganz allein aus dem Wasser auftauchen, trocken und faltenlos. Und warum schließlich auch nicht?

Ich werde wohl nie erfahren, ob es einen Zusammenhang zwischen dem Lottoschein und der Tatsache gab, dass France mich verließ, nein, ich wüsste es nicht zu sagen, oder aber, wenn ich es sagen könnte, dann würde es mich sehr fertigmachen, aber eines weiß ich, nämlich dass die vier oder fünf Jahre, die danach kamen, die dümmsten meines Lebens waren, wenn man denn die

Stunden, in denen man nicht bei sich selbst ist, Dumm-heit nennen will. Tatsache ist, dass France ging und dass ich nie wieder gespielt habe, denn mir ist klar, dass es so einen Glücksfall nur einmal im Leben geben kann.

Ja, sagte der Richter, es sei denn, ein Typ mit Halb-glatze lädt einen zum Bier ein und malt dabei eine herr-liche Zukunft aus.

Ja, außer in diesem Fall. Abgesehen davon, dass der Lottoschein in diesem Fall fünfhunderttausend Franc kostete.

Und, sagte der Richter, dass es die Ziehung, wenn man so will, nie gegeben hat.

Ja, stimmt, die hat es nie gegeben.

Das ist jetzt sechs Jahre her, sagte ich. Dass ich einen Scheck über fünfhundertundzwölftausend Franc ausgestellt habe, auf einen gewissen Antoine Lazenec. Sechs Jahre.

Während ich diesen Satz aussprach, hätte ich am liebsten hundert Liter Luft geholt, auf einmal wirkte das Büro noch viel enger, vielleicht, weil der Nachmittag immer weiter fortschritt und das Licht allmählich abnahm, bislang hatte der Richter noch nicht die Lampen angemacht, deren Licht bald auf unsere Gesichter fallen würde. Im Zwielicht schienen die Wörter sich zu verdunkeln, als besäße jede Minute ihre eigene Dichte, eine raue Kompaktheit, die als Hindernis wirkte, als würde darin, wie ich hier redete und dachte und bei dieser Gelegenheit so viele Bilder aufsteigen sah, die Zeit selbst sich zeigen, die aufgehäufte und verzwirbelte Zeit aller vergangenen Tage, die ich immer weniger zu erkennen schien, der fossilisierten Tage – nichts als die verdickte, fast formlos gewordene Masse der Vergangenheit.

Und Sie haben einfach so einen Scheck ausgestellt?,

fragte der Richter nach. Fünfhundertundzwölftausend Francs? Einfach so?

Halten Sie mich für völlig bescheuert, antwortete ich. Aber natürlich nicht, natürlich habe ich nicht einfach so auf der Ecke eines Tisches im Restaurant einen Scheck ausgestellt – nein, all das haben wir ganz förmlich gemacht, notariell beglaubigt. Notariell beglaubigt, wiederholte ich, und mir war, als würde ich diesen Ausdruck, notariell beglaubigt, auf dem Schreibtisch des Richters entfalten wie eine alte Seekarte. Notariell beglaubigt, ja, das bedeutet immerhin in Gegenwart eines vereidigten Amtsträgers, der eine Gefängnisstrafe riskiert, wenn er zulässt, dass man einen Irrsinn unterzeichnet. Ich erinnere mich noch, Lazenec und ich im Wartezimmer, ich tat so, als würde ich das *Figaro Magazine* lesen, Lazenec hatte *Paris Match* in der Hand, da rief uns der Notar auf, er steckte seinen Notarskopf durch den Türspalt, graues Haar mit Seitenscheitel wie alle Notare Frankreichs, und er sagte »der Nächste bitte«, als wären wir beim Zahnarzt oder beim Friseur, hier vor diesem Mann, der in zwei Stunden kein einziges Mal lächelte, ja, ich empfand es so, als befände ich mich vor dem Gesetz höchstpersönlich. Verstehen Sie? Vor dem Gesetz höchstpersönlich – das sollte Ihnen doch etwas sagen, sagte ich zum Richter.

Da saßen wir auf zwei Plastikstühlen vor seinem Mahagonischreibtisch, er las uns den Kaufvertrag so gut wie wortwörtlich vor, demgemäß ich jetzt wirklich und wahrhaftig eine im vierten Obergeschoss gelegene Drei-Zimmer-Wohnung mit Meerblick in der Residenz »Goldener Sand« erwarb, Fertigstellung in zwei Jahren,

Sie können sich nicht vorstellen, was es da für Anmerkungen und Zusatzklauseln gab, Fußnoten, die einen vor sämtlichen Risiken schützen, Feuer, Wasser, Banken, vor verborgenen Mängeln und Naturkatastrophen.

Und wissen Sie, was Lazenec sagte, noch im Büro des Notars, wissen Sie, was er in dem Augenblick sagte, als er seinen Montblanc für die Unterschrift auf das Papier setzte? Er sagte: Verträge, Kermeur, sind eigentlich alle wie Eheverträge, man braucht sie vor allem im Scheidungsfall.

An diesem Tag habe ich neunundvierzig Seiten abgezeichnet, und zwar in jeweils drei Exemplaren, das bedeutet, ich habe exakt einhundertsiebenundvierzig Mal sorgfältig M. K. für Martial Kermeur geschrieben und jeden einzelnen Vertrag mit meiner vollständigen Unterschrift versehen, neben äußerst ernsten Formeln wie »Gelesen und für gut befunden« oder »Mit Ehrenwort bestätigt«.

Und als ich eine Stunde später mit meinem unterzeichneten, gestempelten und mit Notarssiegel versehenen Vertrag dort rausging, war es, als hätte Jesus selbst mir die Echtheit des Schweißtuchs Christi bestätigt. Glauben Sie ja nicht, ich hätte auf dem Heimweg, unsere drei Unterschriften noch warm auf den fünfzig Seiten, irgendwie an dem Ganzen gezweifelt, hätte Sorge gehabt, ohne ausreichendes Wissen unterschrieben zu haben, nein, im Gegenteil, stolz kam ich nach Hause, legte den Vertrag auf den Tisch und verbrachte den gesamten Abend damit, ihn in sämtlichen Details noch einmal zu lesen. Ich weiß noch, Erwan war natürlich auch da, ich machte schnell etwas zu essen, und dann aßen wir wie sonst. Und an dem Abend, da hätte er mir erzählen können, was er wollte, ich hätte ganz sicher kein Wort gehört.

Ich erzählte ihm nichts, also Erwan. Lange erzählte ich ihm nichts davon. Das ist schon seltsam, so in der Rückschau. Andererseits, warum hätte ich ein Kind von elf Jahren mit solchen Geschichten behelligen sollen?

Jetzt frage ich mich: Wirkt das Schweigen wie Dunkelheit? Ein Klima, allzu geeignet für das Wachstum von Pilzen und üblen Gedanken? Jetzt würde ich das ganz sicher gern so sagen, dass echte Pflanzen und Blumen in voller Helligkeit gedeihen, dass man reden muss, ja, man muss reden und überall für Licht sorgen, ja, in keiner Kindheit dürfen Dunkelheit und Sorgen Oberhand gewinnen. Jetzt weiß ich, Herr Richter, ich weiß, wie man so viel schlechte Dinge auf seinen Sohn überträgt, weil unter den nicht gesagten Sätzen so viel beladene Luft zwischen beiden hin und her geht, wenn man abends in der Küche beim Essen sitzt, einer dem anderen gegenüber, und vielleicht, wenn man die Kette aller Tage zusammennimmt, all diese Mahlzeiten, bei denen er mir von seinem Schultag erzählte und von dem Beruf, den er später ergreifen wollte, all diese Abende, an denen ich ihm nicht wirklich zuhörte, vielleicht, glauben Sie mir, arbeitet das dann wie eine Schicht Grundwasser, die zögert, zutage zu treten. Und man selbst, der Vater, der abwesende Fels, man braucht gar nicht erst so zu tun, man braucht auch nicht zu sagen »doch, doch, natürlich höre ich dir zu«, denn der Junge weiß Bescheid, jedes Kind der Welt weiß genau, ob man ihm zuhört oder ob man stattdessen irgendeiner Dauerschleife der Gedanken nachhängt, wie mit einer Glasscheibe vor den Augen, die einen von der Welt trennt, und während Ihre Gedanken Sie einzumauern scheinen, da haben Sie Ihr Kind, Sie wissen es noch nicht, da haben Sie es hier und jetzt verlassen.

Also gut, Sie haben unterschrieben, sagte der Richter, und dann?

Und dann nichts. Nichts, fertig, sonst wäre ich jetzt nicht hier. Sonst würde ich auf einem Liegestuhl sitzen, eine Decke auf den Knien, und auf das Meer hinausschauen. Ich müsste nicht hier vor Ihnen sitzen, mit all dem Mist auf den Schultern, unter dem ich mich kaum mehr bewegen kann.

Und ich seufzte tief. Und dann zog ich meinen Stuhl etwas vor, er knarrte auf dem alten Parkett.

Was ich nie erfahren werde, sagte ich zum Richter, aber ich würde wer weiß was darum geben, das ist, inwieweit er vorher Bescheid wusste. Seit wann er wusste, dass nicht einmal das Fundament vor meinem Fenster gegossen würde, sondern dass es nichts geben würde als Bulldozer und eine Baugrube und dass danach, danach, statt aller Steine und Glasscheiben, die vor unseren Augen hätten verbaut werden sollen, statt eines sechsgeschossigen Gebäudes mit Dachterrasse und Innenpool, dass es statt all dessen nichts geben würde als dieses rechteckige Loch, genau, eine große rechteckige Leere, ein hypothetisches Versprechen auf die Zukunft – aber eben nur ein hypothetisches, mehr nicht.

Jetzt suchte der Richter zwischen den Aktendeckeln herum, die seinen Tisch ganz und gar bedeckten, und schon zog er aus einem davon ein paar Fotos und legte sie direkt vor mich hin, sie belegten den Fortschritt der Arbeiten im Park, falls man das noch einen Park nennen konnte, sagte ich, im ehemaligen Park, sagte ich und betrachtete die Fotos, Beweise für das Massaker, für die liegen gelassenen Steine, für zwei Hektar aufgerissenen Boden am Meer, ein paar Eckpfosten taten so, als würden sie die Baustelle bezeichnen, und ansonsten eben ein Loch, ein leeres Rechteck, ein Steinbruch, gegraben, um irgendwelche kostbaren Stoffe zu gewinnen, und sonst nichts, nichts, nur noch die verblichenen Werbeplakate am Zaun, die immer noch eine strahlende Zukunft versprachen, im Hintergrund die ganze Ironie des zu Schlamm gewordenen Rasens und die Ruinen des Schlosses, ja natürlich, die Ruinen, denn zerstören, abreißen, das konnte er.

Hier und da standen in der Ecke eines Fotos eine oder zwei Betonmischmaschinen verloren vor dem schlecht gewählten Himmelsausschnitt, oder auch eine oder zwei Gestalten, die in der Ferne zu diskutieren schienen, und auf manchen sogar er selbst, lächelnd, so, wie er all die Jahre lächelte, er lächelte und klopfte aller Welt auf die Schultern und küsste jeden, der sich nicht wehrte, als käme er aus Marseille, dort auf dem Baugrund, mit Anzug und Krawatte, mit Helm, aber schauen Sie es sich an, sagte ich, der hätte nie einen Helm gebraucht, denn da war nichts. Und seitdem, sagte ich zum Richter, kamen nicht immer mehr Mörtelsäcke und Hohlblock-steine an, sondern es häuften sich nur Wochen und dann Monate und dann Jahre auf, standen wie ein kompakter und immer undurchdringlicherer Block da, eine hori-zontale und schwere Zeit zog vorüber, wie ein Gebäude sah ich sie vor unseren Augen heranwachsen, aber ein solches Gebäude, von dem man nicht behaupten kann, man würde es zerstören können, wenn es einmal da ist.

Diese Zeit selbst war wie ein Phantom auf den Fotos vorhanden, weit im Hintergrund die Balkons der Stadt, eine Art Arena, wo die Zuschauer die Fortsetzung des Kampfes mit seinem Schatten erwarteten, Lazenecs, denn dieser Schatten schwebte noch über den Rui-nen, wenn man denn den Abdruck von etwas, das es nie gegeben hat, als Ruine bezeichnen kann. Und mein kleines Häuschen an der Einfahrt zum Park, meine steinernen fünfundvierzig Quadratmeter, in denen ich mit Erwan wohnte, sie standen wie zitternd inmitten der Katastrophe, ringsherum nichts als die Spuren der Bulldozer im Boden, und durch die Fenster schienen das Ocker und das Rot eindringen zu wollen, überall-hin, in unser Schlafzimmer, unter unsere Bettdecken, zu dem Spielzeug, das nach und nach auf den Dach-boden wanderte.

Zu Erwan, verstehen Sie, habe ich nicht viel sagen müssen. Natürlich verstand er. Natürlich spürte er die steigende Unruhe. Er sah, wie mein Blick sich im Laufe der Monate veränderte, mitleidig schien ich diese fort-geschrittene Nichtbaustelle, diese Nichtarbeiten zu be-trachten, wo sich nichts tat, als dass immer wieder er auftauchte, Lazenec, wie ein Wildschwein auf einem

Blumenfeld, er schlenderte mit unnützen Typen darauf herum, den Statisten seiner Phantomfirmen, vielleicht bezahlte er sie ja dafür, dass sie jeden Tag dieselbe Aufführung boten. Und selbstverständlich winkte er uns immer noch höchst freundschaftlich zu, wenn er uns, Erwan und mich, an unserem Küchenfenster sah wie Plastikfigürchen mit immerwährendem Lächeln.

Wissen Sie, welche Fabel Erwan in jenem Jahr in der Schule lernte?, fragte ich den Richter. *Der Rabe und der Fuchs.* Und wenn er sie mir aufsagte, ich schwöre Ihnen, jedes Mal bei der Stelle »Machte er den Schnabel weit auf – da fiel der Käse hinunter« zog sich bei mir immer etwas zusammen, etwas in mir drin, ja, es war, als säße ich auf dem Baum und Lazenec stünde unten, Lazenec, der mich lachend ansah und sagte: »Diese Lehre ist wohl mit einem Käse nicht zu teuer bezahlt?« Je mehr Zeit verging, verstehen Sie, desto weniger hatte ich Lust, ihm etwas zu erklären, also Erwan. Es war, als würde ich riskieren, das gesamte auf meinen Schultern angesammelte Gewicht ihm aufzubürden, stattdessen hatte ich ihn umgekehrt mit meinem trotz aller dunklen Gedanken bewahrten Schweigen beschützt, ja, es war gelungen, eine dicke Mauer zur Welt hin aufzurichten, und wir standen jeder auf einer Seite, also ich immer tiefer im Schlamm einer Baustelle, auf der sich nichts tat, und er ganz einfach in der Kindheit. Aber so läuft das nicht, wissen Sie? Vielleicht gibt es die Kindheit nicht einmal. Vielleicht duldet man die Welt, wie sie ist, in jedem Alter, und fertig. Und nur bestimmte Stunden bewirken mit ihrem Vergehen die schwarzen Abdrücke, aus denen wir am Ende bestehen.

Erwan vor dem ausgeschalteten Fernseher. Erwan in der Küche, er sieht mir beim Nachdenken zu. Erwan hinter der Glasscheibe. Erwan hinter der Tür seines Zimmers. Erwan auf dem Ponton im Yachthafen vor Lazenecs fettem Boot. Und ich sage, jede dieser Szenen ist ein festes Bild in seinem Gehirn, ist irgendwann etwas wie die Klinge eines Teppichschneiders geworden, der ihm am Ende die Haut schlitzt oder nicht die Haut, sondern das Fleisch darunter, er zerrt dran, wenn er es berührt, und schließlich auch sein inneres Gesicht, das irgendwann in Fetzen hing. Vielleicht besteht das Gedächtnis aus nichts anderem als hieraus, den scharfen Kanten der inneren Bilder, ich meine, nicht der Bilder selbst, sondern dem schabenden Hin und Her der Bilder in unserem Inneren, als würden sie an Ketten reißen, die sie daran hindern, sich loszumachen, aber das Reiben, das entsteht, wenn sie immer wieder zurückgehalten werden, das wird zu einer Art Geier, der unser Fleisch zerhackt, und wenn wir nicht von einem Dämon oder einem Gott befreit werden, kann die Qual viele Jahre lang dauern.

Ich schwieg einen Moment. Erwans Gesicht schwebte hier, in dem Raum, zwischen dem Richter und mir. Der Richter selbst schien mich in meinen Gedanken zu begleiten.

Ich würde Sie gerne etwas fragen, sagte ich zum Richter.

Bitte.

Wenn Sie, also wenn Sie das Urteil über Erwan hätten sprechen müssen?

Er wackelte mit dem Kopf und zog die linke Braue

hoch, er sagte: Ich weiß nicht, er hat ja doch wirklich einen Riesenmist gebaut.

Ja, das stimmt, sagte ich, einen Riesenmist.

Und dann herrschte noch etwas Stille, vielleicht füllte das den Abstand, der mich von ihm, Erwan, trennte, ein wenig aus, plötzlich kreiste er als Hologramm in seiner Zelle, hier, auf dem Schreibtisch des Richters, zwischen den Büchern und Aktenordnern, die zu einer Art Gefängnismauer geworden waren.

Der Richter bewegte sich nicht. Mir war auf einmal, als befände ich mich im Sprechzimmer eines Psychologen oder jemandem in der Art, weil er so lange reglos und antwortlos dasaß, die Hände unter dem Kinn gefaltet, und weil es mir, je mehr Stunden verstrichen, immer mehr so vorkam, als erwartete er von mir, mein Inneres zu erforschen, wie ein Psychologe es wünschen würde, als sollte ich alles ausgraben, bis zu den staubgewordenen Knochen, als sollte ich für Licht sorgen und noch mehr Licht und als würde er sich nicht fragen, ob ein Übermaß an Licht nicht Menschen wie mich, ja ob es nicht dazu führt, dass wir blind werden. Und Gott weiß, ich kannte diese Empfindung, mein Gehirn für einen Steinbruch zu halten und Tag um Tag darin zu schürfen, wie ich nur konnte, in der Hoffnung, es würde mich irgendwann von diesem ununterbrochenen Gewühle befreien und ich würde irgendwann etwas anderes tun, als in der Morgendämmerung den ausfahrenden Booten nachzuschauen und nach den Fischern, die mir vom Meer her mitleidig zuwinkten – den Fischern, will sagen, den Jungs aus der Basis, die ebenfalls ihren goldenen Handschlag erhalten hatten und zum Bootshändler gelaufen waren, sobald das Geld auf ihrem Konto eingegangen war, um dort ohne jedes Zögern, ohne jede Diskussion, auf das Boot zu deuten, das sie seit Jahren im Auge hatten, denn das hatten sie zu tun vermocht, wie eine Gabe oder ein ihnen eingeschriebenes genetisches Programm, das hatten sie vermocht, ihren Gedanken still und geduldig festzuhalten und ihn zu gegebener Stunde in ihrer Nervenbahn in Umlauf zu setzen, und nicht nur in den Nerven, sondern bis hin zu ihrem Zeigefinger, mit dem sie auf ein bestimmtes Modell deuteten und sagten: Das da, ich will das da. Mir schien dieses Programm zu fehlen.

Und jetzt, da man das Schloss abgerissen hatte, jetzt, da ich aus meinem Küchenfenster einen noch direkteren Blick auf das Meer hatte, war mir jedes Mal, wenn irgendwer uns von seinem Boot aus grüßte, die Reusen schon bereit zum Hinablassen, da war mir, als wollten sie uns verspotten, Erwan und mich, die wir am Fenster standen und aufs Meer blickten. Und manchmal fragte Erwan mich: Warum kaufst du eigentlich keins? Ich schaute dann so unbeteiligt, wie ich nur konnte, und sagte: Sicher kaufe ich eins, sicher, nicht mehr lange, und ich kaufe eins. Und damit das noch etwas glaubwürdiger war, ging ich noch am selben Nachmittag mit ihm in den Hafen, Boote anschauen und bei den Händlern Preise vergleichen – er war dreizehn, vielleicht vierzehn, langsam veränderte sich seine Stimme, wegen all der uneingelösten Versprechen, mir war, als könnte ich ihn hören: Ich weiß schon, du wirst keins kaufen, ich weiß, du hast noch nie eine Entscheidung treffen können, aber vergiss bloß nicht, da ist eine, die wird eines

Tages ohne dich eine Entscheidung treffen, ohne dich nach deiner Meinung zu fragen.

Das las ich aus seiner Ungezwungenheit, er hatte die Rollen sozusagen vertauscht, ich will sagen, anfangs hatte ich ihn mitgenommen, nach und nach aber nicht mehr, er gab sich Mühe, mit mir zu gehen, als wollte er mir einen Gefallen tun oder schlimmer noch, als wollte er sein Mitleid oder seine Beschämung nicht überall herumrufen, denn eins weiß ich mittlerweile, egal von welcher Seite Sie das Problem nehmen, ein Sohn will eines nicht sehen – Ihre Schwäche. Ein Sohn ist nicht dazu programmiert, Mitleid mit Ihnen zu haben.

In gewissem Sinne wäre es einfacher gewesen, wenn er verschwunden wäre, die Gegend verlassen und einen anderen Namen angenommen hätte, denn dann hätten wir zumindest von Anwalt zu Anwalt rennen und alle möglichen von vornherein verlorenen Prozesse gegen Banken, Versicherungen und die mit der Sache betrauten Notare anstrengen können, das hätte uns wenigstens beschäftigt. Aber ich sage immer wieder, eben darin bestand sein Meisterstück, dass er da blieb, wie eine Blume in unserer Mitte, eine Sonnenblume, die sich nach den Stunden des Tages ausrichtet, und dass er es unter uns all diese Jahre ausgehalten hat, sommers wie winters, das ist wie ein Blumenwettbewerb, den er spielend gewann, und wissen Sie warum? Weil wir, je länger er durchhielt, umso mehr dachten: Er bleibt, also kann er nicht ganz unehrlich sein, das ist unmöglich. Er bleibt, also glaubt er selbst daran. Dabei war genau das Gegenteil der Fall: Er blieb, damit wir daran glaubten, ich will sagen, damit er jeden Tag aufs Neue die kleine Flamme im Inneren eines jeden von uns nähren konnte, als könnte er tief drinnen in jeder Seele herumspazieren, um deren Öfen mit übervollen Schaufeln eines unerschöpflichen Brennstoffs zu versorgen. Und es funktionierte. Denn das Komischste ist nicht einmal, dass es einem Typen gelingt, ein ganzes Dorf zu hypnotisieren, das Komischste ist, wie lange man braucht, um aus diesem eigenartigen Land zurückzukommen: Dass man einen fetten Scheck ausgestellt hat, dass man sieht, wie der Typ, der ihn einkassiert hat, das Geld mit vollen Händen ausgibt, nein, das hindert einen nicht, darin noch lange das Zeichen dafür zu sehen, dass das Geld in guten Händen ist. Und wissen Sie warum? Das bedeutet, dass er eben Geld hat, und das bedeutet, dass die Sache läuft, und also bedeutet das, dass man selbst bald, bald schon an der Reihe ist, auch mit Geldscheinen bündelweise zu hantieren – und schauen Sie bloß, auf was für Ideen ich komme, als ob ich einer wäre, der gern mit Geldscheinen bündelweise hantieren würde, nein, denken Sie nur nicht, dass dieses neureiche Gehabe mir irgendwann gefallen hätte, allerdings habe ich mich angepasst, ja, irgendwann fand ich es normal, dass er sein Leben in feinen Restaurants verbrachte, ohne mir im Geringsten bewusst zu machen, dass das Geld in seinen Händen, seinen Taschen ja unseres war, unser eigenes Geld, das er fröhlich verbrannte oder von einem Konto auf das andere verschob, fast wie Münzen unter Plastikbechern.

Gut, das mögen Sie für verrückt halten, und das ist kein Wunder, denn Sie halten sich an die Tatsachen, ausschließlich an die Tatsachen, die Sie dann fein säuberlich auf dem Zeitstrahl anordnen, und das erklärt natürlich nichts, denn was wir bräuchten, um so etwas wirklich zu verstehen, das wäre eine neue Wissenschaft, eine neue Physik, verstehen Sie, ein neuer Einstein, der uns erklärt, wie die Seelen oder das Denken oder was weiß ich, dieses Ding in unserem Inneren, das im Licht erbebt, wie dieses Ding sein eigenes Lied singt, mit Noten, die wir mit bloßen Ohren gar nicht hören können, stummen, fremdartigen Noten wie im Gesang der Buckelwale, ja, das waren wir, Lazenec und ich, Buckelwale, und unsere Schallwellen begegneten einander im Ozean.

Es ist dabei ja nicht so, als hätte ich ihn nicht tausend Mal beiseitegenommen und gefragt, wann es denn endlich losgehe, und mehrmals sogar, ob wir die Sache nicht vielleicht besser rückgängig machen sollten, einvernehmlich, verstehen Sie, wir zerreißen den Vertrag, Sie geben mir mein Geld zurück, und Schwamm drüber – aber wissen Sie, was er darauf erwiderte, wenn er meinen Satz nicht einfach mit einem Schulterklopfen beiseitewischte, er sagte: Kermeur, ich muss mir doch keine Sorgen machen, Sie sind doch nicht etwa blank?

Und das ist das Irrste, nicht wahr, ausgerechnet der Typ, der dafür gesorgt hat, dass man blank ist, hält einem einen Rettungsanker hin, länger als sein Arm, und öffnet Ihnen die Tür, ihm alles direkt ins Ohr zu schreien, was Sie wollen, und stattdessen antworten Sie beherrscht, Sie antworten: Nein, nein, natürlich bin ich nicht blank, es ist nur so, Sie verstehen … dabei sind Sie natürlich blank, dabei waren Sie noch am

Tag zuvor auf der Bank und haben mit dem Berater die enorme Überziehung angeschaut, gleichzeitig immer Ihren Sohn hinter dem Schaufenster im Auge, der mit einer leeren Bierdose kickte, und versprachen dem Angestellten, alles werde sich sehr bald einrenken, Sie hätten volles Vertrauen in die Sache und den Mann, der sie durchzieht, und diese ganze Szene wandert bei Lazenecs Frage natürlich an Ihrem inneren Auge vorüber, wie Sie vor einem Bankangestellten herumbetteln und wie sich die Schlinge um Ihren Hals jeden Tag ein wenig enger zuzieht. Doch stattdessen sagen Sie schon wieder »Nein, natürlich nicht« und merken nur an, dass Sie nach all der Zeit doch allmählich anfangen, sich ein bisschen Sorgen zu machen. Aber dieses »ein bisschen« dient einem wie Lazenec nur dazu, seinen noch vorhandenen Handlungsspielraum auszuloten, den er mit seinen ganz eigenen Instrumenten misst, Instrumenten mit seltsamen Namen. Ich glaube, sie heißen vielleicht Instinkt oder Intuition oder Gerissenheit.

Und dass einer wie ich, sagte ich zum Richter, sich auf ganzer Linie bescheißen lässt, das mag vielleicht noch gar nicht so besonders verwundern, aber die anderen, die Leute aus der Stadt oder vom Fußballklub, Leute, die zehnmal so viel investiert haben wie ich, das ist doch der reine Irrsinn.

Wie viele Einheiten, sagten Sie?

Dreißig. Dreißig Wohneinheiten. Dreißig Wohnungen, Durchschnittspreis fünfhunderttausend Franc, das macht am Ende eine ganz schöne Stange Geld, oder?

Und nach und nach war es, als würde sein Gesicht, das des Richters, sich innerlich verhärten, als hätte ich an einem elektrischen Transformator langsam, langsam den Strom hochgedreht, denn irgendwann rief er völlig außer sich:

Aber, grundgütiger Himmel, was hat er bloß mit all dem Geld gemacht?

All dieses Geld, guter Mann, all dieses Geld hat er ausgegeben! Vor unseren Augen! Vor den Augen einer Herde gutgläubiger Schafe, die wie ich fünfhunderttausend Franc pro Einheit auf ein Modell gesetzt haben, ja, er hat das Geld verbrannt, vor meinen Augen verbrannt und vor denen des Bürgermeisters und vor Erwans, das ist nicht weiter schwer zu verstehen, er hat es vor uns verbrannt, natürlich, ich habe mich auch von ihm zu teurem Wein einladen lassen, und wissen Sie, von welchem Geld? Von dem Geld für einen Merry Fisher, den ich mir nie gekauft habe, aber er, er hat sich einen brandneuen gegönnt und dazu sogar den Luxus, uns darin spazierenzufahren.

Der Richter versuchte sich zu beruhigen – mehrmals versucht er das, nahm den Kugelschreiber zur Hand, mit dem er seit Stunden spielte, als wollte er etwas aufschreiben, oder schlicht und einfach, um Fassung zu bewahren.

Dreißig Wohnungen, wiederholte er. Und die neunundzwanzig anderen?

Ja, die neunundzwanzig anderen, Sie haben Recht, die anderen, die müssten natürlich hier sein, mit mir zusammen vor Ihnen, ich meine, die hätten mir helfen müssen, Lazenec ins Wasser zu werfen. Denn es ist gar nicht so leicht, wenn ich das sagen darf, ganz allein jemanden über die Reling zu bugsieren.

Der Richter nahm dieses Thema nicht auf, er fragte nicht, wie genau ich es angestellt hatte, wie ich gewartet hatte, bis das Boot im Leerlauf lief, wir die Reuse mit dem Hummer und den Taschenkrebsen hochholten und Lazenec sich danach hinausbeugte, um die Reuse wieder zwanzig Meter weit hinabzulassen, sodass ich, der hinter ihm stand, nur seine Waden zu packen und ihn wie einen Sack voll Kartoffeln ins Meer zu wuchten brauchte, so, fertig, so macht man das.

Aber diese Details interessierten den Richter nicht. Er interessierte sich für etwas Mentales, wie eine mathematische Gleichung, die es zu lösen oder zu formulieren galt. Aber ich sagte zu ihm, ich ja auch, ich habe auch das Bedürfnis, das Rätsel zu lösen, aber ich bin eben kein Hirnmensch, das ist der springende Punkt, ich muss so etwas körperlich lösen. Und dabei bin ich nicht mal besonders impulsiv, wenn Sie sich vor Augen führen, was sechs Jahre Geduld bedeuten, Tag um Tag, was es bedeutet, sechs Jahre lang zu glauben, statt eines ungenießbaren Pilzes wüchsen hier bald Panoramafenster, in denen sich die Sonne spiegeln würde.

Ja, aber die neunundzwanzig anderen Einheiten, wiederholte der Richter, warum sind Sie nicht alle gemeinsam gegen Lazenec vorgegangen?

Darum, sagte ich.

Und ich setzte zu noch einem Satz an, aber wie ein achtjähriger Junge war ich sofort still und sagte nur etwas leiser noch einmal »darum«.

Darum was?

Darum, weil ich nicht wollte, dass das bekannt wurde. Und im Schweigen der vor uns ausgebreiteten Fotos schien meine Beschämung anzuschwellen wie eine Luftmatratze beim Aufblasen, denn mittlerweile schämte ich mich dafür, dass ich nie jemandem irgendetwas gesagt hatte, und alles nur, weil ich, der Sozialist von 1981, mein gesamtes Geld in ein Immobilienprojekt gesteckt hatte. Sie können es nicht verstehen, sagte ich zum Richter, aber ich konnte es niemandem erzählen, ich konnte nicht meine gesamte Abfindung in ein Immobilienprojekt investiert haben, doch nicht ein alter Sozialist wie ich, verstehen Sie?

Dabei, wenn ich es recht begriffen habe, dann haben doch mehrere Leute wie Sie ihre Abfindung auf diese Weise verloren?

Ja, natürlich, aber diese Leute wie ich, wie Sie sie nennen, glauben Sie nicht, dass die sichtbarer waren als ich, jeder vergruben wir uns in der Stille der Falle, in der wir saßen. Und man kennt die Liste derer, die darauf reingefallen sind, nicht – Leute wie ich natürlich, denn ja, stimmt, die genauso wenig wie ich erkannten, mit welcher Absicht diese behandschuhte Hand verstohlen in ihren Geldbeutel griff. Ich will nicht sagen, dass wir gut daran taten zu schweigen. Ich sage nur, so sind wir eben. Und so hat tatsächlich lange niemand etwas gewusst. Weder Erwan. Noch France. Noch Le Goff. Lange lebten wir allein am Rande des Abgrunds, von dem uns nur ein schmales Geländer trennte. Und wahrscheinlich haben wir auch nicht gut daran getan. Darum sage ich Ihnen, einen Typen wie den zu verjagen, das dient dem Gemeinwohl.

Jetzt stützte der Richter sich mit den Ellbogen auf seinen Schreibtisch und betrachtete kommentarlos nacheinander die Fotos von dem Desaster, schob eines nach dem anderen vor sich hin – der Schlamm, das Meer, der Himmel, wie Postkarten, die er von verschiedenen Reisen mitgebracht hatte, oder aber auch wie eine Handvoll schlechter Karten, die er bei wer weiß welchem Pokerspiel abgelegt hatte.

Da, schauen Sie, sagte ich, das ist Erwan, das ist mein Sohn mit ihm.

Sie scheinen sich gut zu verstehen, sagte der Richter.

Ein zwölfjähriger Bengel und ein Porschefahrer, der ihn ins Stadion in die VIP-Loge mitnimmt und mit seiner Lieblingsmannschaft zusammenbringt, wie werden die sich wohl verstehen?

Vielleicht zwei Jahre hat das gedauert, diese Gewohnheit, dass er den Umweg zu uns machte, um meinen Erwan abzuholen. Glauben Sie, er tat das etwa, um sich freizukaufen, also ich meine, weil sich mein Geld da schon seit Langem in Luft aufgelöst hatte? Nicht mal. Das Problem ist ja, sogar ein übler Typ, sogar der schäbigste Lump hat so seine Momente, wo er kein Lump ist, Momente, wo er nichts Böses im Schilde führt. Und glauben Sie bloß nicht, dass das die Dinge für Leute wie mich etwa leichter machen würde. Leute wie ich brauchen Logik, und logisch wäre, dass ein Schuft immer ein Schuft ist, nicht nur einen kleinen Teil der Zeit. Vielleicht, fügte ich hinzu, und das würde alles noch viel schlimmer machen, vielleicht hat dieser Kerl eigentlich nie böse Absichten gehabt, vielleicht gibt es das Böse schlechthin ja gar nicht, das Böse, das man wissentlich tief in sich trägt, vielleicht hat man immer etwas in sich, das es rechtfertigt oder mildert oder löscht, ich will sagen, dieser Typ ist seiner Linie gefolgt, und seine Linie bestand eben darin, auf den Terrassen der Cafés große Reden zu schwingen und auf diese Weise Wohnungen loszuschlagen, und seine Linie bestand eben darin, dass man das Geld der anderen absolut schmerzfrei verschleudern kann. Und auf ganz genau derselben Linie entwickelte er eine Zuneigung zu Erwan und fing an, ihn vor den Spielen abzuholen, er hupte nur einfach an der Einfahrt, zeigte sich mir persönlich lieber nicht allzu oft – aber glauben Sie jetzt nicht, das wäre einer, der wegläuft, obwohl ich ihn wer weiß wie oft zur Rede gestellt habe, um zu hören, wie es vorangeht und ob man denn hoffen dürfe, dass bald … ja, bald, denn auch nach zwei Jahren noch, sogar nach drei Jahren glaubte ich daran wie am ersten Tage, ja natürlich, ich glaubte felsenfest daran, und etwas in mir sagte: Na komm mal, bei so einem Projekt sind drei Jahre doch kein Wunder, die ganzen Genehmigungen, die ganzen Unterschriften, die es braucht, da sind drei Jahre doch nichts. Und er verstand sich meisterlich darauf, das Flämmchen am Brennen zu halten, meisterlich, denn wenn man dann doch mal etwas neugieriger wurde, wenn man sich nach technischen Fragen oder Baumaterial erkundigte, dann redete er sich hier auf einen skrupellosen Lieferanten heraus und da auf irgendwelche Bauvorschriften, die die Sache verzögerten, und es war jedes Mal, als würde er eine Partie gewinnen. Und wenn das schon bei mir funktionierte, diese Geduld und die Bereitschaft, angesichts eines lächelnden Versprechens jedes Hindernis zu vergessen, dann stellen Sie sich mal vor, Herr Richter, was für ein leichtes Spiel so einer bei einem Zwölfjährigen hat.

Und ich schwieg für einen Moment, als wollte ich ihm, dem Richter, Zeit lassen, es sich wirklich vorzustellen.

Und dann fragte ich: Haben Sie auch Kinder?

Er sagte: Ja, einen Sohn.

Ihrem Sohn, sagte ich, ihrem Sohn wünsche ich nur das Allerbeste.

Und der Richter wackelte zwei, drei Mal mit dem Kopf auf und ab, als hätte ich in seinem Rücken einen Schlüssel aufgezogen, und zog dazu so ein kollegenhaftes Gesicht, wie man es aufsetzen kann, wenn man gerade mal nicht Richter ist wie er und Verdächtiger wie ich, sondern ganz einfach zwei Väter, die einander gegenübersitzen und jeder seine Geschichte in den Augen des anderen spiegelt.

Eines jedenfalls ist sicher: Den kleinen Erwan, der fragend zu mir aufblickte, ob er zu dem Herrn in den Porsche steigen dürfe, den gibt es nicht mehr. Den Porsche würde er heute lieber vor eine Wand setzen, wenn er ihn noch in den Straßen des Dorfs sehen würde, das Fenster weit geöffnet, und Lazenec, ganz sich selber treu, verteilt an alle Welt große Gesten. Denn wenn es einen gibt, der sich bis heute nicht verändert hat, dann Lazenec.

Bis gestern, verbesserte der Richter.

Ja, Entschuldigung, bis gestern. Bis gestern war er ganz und gar hier, wie ein König auf dem Kirchplatz spreizte er sich vor uns, seinen Gläubigern, und sogar nach fünf oder sechs Jahren brachte er es dank seines guten Rufs, der sich mittlerweile wie eine gelbe Schlange am Grunde des Hafenbeckens dahinschlängelte, noch fertig, irgendein Unschuldslamm aufzutreiben, das ihm einen hübschen Scheck ausstellte. Und so hüpfte das

Geld weiter von Sattel zu Sattel, denn es gab immer ein neues Pferd, das sich dem Rennen anschloss, sozusagen als letztes Glied in der Kette. Aber Sie kennen ja die Regel, sagte ich zum Richter: Eine Kette ist immer nur so stark wie ihr schwächstes Glied. Wenn ein einziges nachgibt, hält sie nichts mehr, und das Boot treibt davon durch die Nacht. Mit ein bisschen Glück wachen Sie am nächsten Morgen weit draußen auf hoher See unter der brennenden Sonne auf. Aber genauso gut kann eine Stunde später mitten in der Nacht der Rumpf mit einem grässlichen Geräusch auf einen Felsen auflaufen und das Wasser im Schwall in die Kabine strömen, und bestenfalls, allerbestenfalls schaffen Sie es noch, zur Küste zurückzuschwimmen.

Seien Sie mir nicht böse, sagte ich zum Richter, manchmal kommen mir so merkwürdige Bilder in den Kopf. Sie bleiben nie für lange, sie ziehen vorbei. Nur solange sie da sind, kriege ich so einen starren, verschwommenen Blick, meine Augen scheinen sich auf eine Leinwand zu richten, die in mir herabgelassen wird, und dann muss man eben warten. Und der Richter wartete. Und in meinem Kopf hatte ich etwas wie einen eisernen Rahmen, dessen Ecken die Zeit zerriss.

Er, der Richter, wirkte nie peinlich berührt durch die langen Pausen zwischen meinen Wörtern, je nachdem, was im Kielwasser bestimmter Sätze in meinem Kopf zurückblieb als festes Bild, eines, das andauerte und nicht verblassen wollte.

Ich nehme es Ihnen nicht übel, dass Sie mich nicht verstehen, wiederholte ich, wenn man alleine bedenkt, wie lange ich brauchte, um zu verstehen, um diesen

Mechanismus mit den richtigen Begriffen zu benennen, aber jetzt habe ich verstanden, habe verstanden, wie er es angestellt hat, sich mit seinem Porsche und in allen Restaurants der Stadt mitten unter uns aufzuhalten: Je absurder Ihre Handlungsweise ist und je mehr Spielraum Sie haben, weil die anderen, alle anderen es eben verpasst haben, das in ihre Rechenmaschine einzugeben, und wenn Sie nicht eine eigene kleine Apparatur gebastelt haben, die es Ihnen erlaubt, das Absurde handzahm zu machen, dann sind Sie wie gelähmt. Berühmte Boxer kennen das, nur wenn sie das Spiel des anderen im Kasten haben, also nur, wenn alles im eigenen Schädel eingeschlossen ist wie in eine kleine Musikuhr, dann, ja dann wissen sie, dass sie kämpfen und siegen können, aber davor, bis dahin kassieren sie Schläge ein, fertig. Und je mehr Schläge sie einkassieren, desto benommener sind sie, und je benommener sie sind, desto mehr Schläge kassieren sie, Sie verstehen? Gehen Sie ruhig mal an Le Goffs Grab und fragen ihn, wie er es sieht.

Der Richter lehnte sich in seinem Ledersessel zurück, seufzte, als wäre er müde, und dann fragte er:

Aber Le Goff, der hatte doch selber auch investiert, oder?

Mit Le Goff, Herr Richter, ist es etwas komplizierter.

Und wieder schwieg ich, jetzt wurde Le Goff wie ein Dia in die leere Luft zwischen dem Himmel und meinem Stuhl projiziert, ein Dia, das sich seinerseits weigerte, rasch wieder von der Leinwand zu verschwinden.

Ich glaube, als Allererstes kommt mir Catherines Gesicht in den Sinn, wenn ich den Namen Le Goff ausspreche. Ihre Tränen vor allem, die ihr am Tag der Beerdigung über das Gesicht liefen. Aber sie hat alles getan, was sie konnte, sagte ich zum Richter, alles, was eine Frau tun kann, um ihren Mann vor dem Schlimmsten zu bewahren. Es ist nur so, es gibt einen Moment, wo man nichts mehr für die Leute tun kann. Nichts, um sie herauszuholen, obwohl sie doch laut um Hilfe rufen, sie rufen, ja, aber ihr ganzer Körper zieht in die andere Richtung, und auch dagegen kann man nichts tun, gegen die Scherben, die jeder von uns mit sich herumschleppt, so ähnlich wie wenn ein Spiegel gegen die Wand klirrt, ein Klirren, gegen das zu kämpfen manchmal aussichtslos ist. Und ich glaube, bei Le Goff war dieses Klirren schon vor langer Zeit stärker geworden, jedes Mal, wenn er bei mir klingelte, um selbst nach dem Fortschritt der Arbeiten zu schauen, er kam immer häufiger, als wären wir zwei Wachsoldaten an meinem Küchenfenster, die einander an einem Vorposten abwechseln – zwei Soldaten, die durch ihre Ferngläser nach den Feindbewegungen Ausschau halten. Dabei hat Le Goff sich lange Zeit wirklich gut gehalten. Lange herrschte Optimismus über dem Kies und den Abdrücken der Bulldozerketten, während wir oft rauchend zusammen auf meiner Terrasse standen und zusahen, wie die Bäume einer nach dem anderen unter den Hieben der Baggerlader fielen; wir erschraken sogar ein wenig angesichts der Bewegungen der Maschinen, doch blickten wir beide gemeinsam in die Zukunft.

Ich verriet Le Goff nie, dass ich auch investiert hatte. Ich habe eine Drei-Zimmer-Einheit mit Meerblick im vierten Obergeschoss nie erwähnt, natürlich nicht – im Gegenteil, ich sagte zu ihm, dieses ganze Projekt ist ja gut für die Gemeinde, aber mich geht das im Grunde nichts an. Einerseits versuchte ich, mit meiner eigenen Lüge seinem Blick standzuhalten, andererseits forschte ich, je mehr Monate vergingen, in seinem Gesicht nach neuen Sorgenfalten, die sich auf seiner Stirn abzeichneten. Und dass er auf meiner Terrasse immer noch lächelte oder auch in der Zeitung gemeinsam mit Antoine Lazenec, das beruhigte wiederum mich, natürlich. Schließlich war er es, der den Vertrag zum Verkauf des Geländes unterzeichnet hatte. Schließlich war er der Bürgermeister.

Martial hatte gedacht, er mache alles richtig. Und wir mit ihm, ich meine die meisten von uns, vom Gemeinderat bis hin zu den Stammtischen, alle unterstützten wir ihn, denn er dachte, er müsse sich den Zeiten anpassen, und was waren das für Zeiten? Einerseits eine Marinebasis, die dichtgemacht wird, andererseits ein großes Versprechen für die Zukunft, und also war er der festen Meinung, es sei an der Zeit, dass wir, die Männer der Linken, so sagte er, uns an die veränderten Zeiten anpassten.

Und wir veränderten uns, das kann man wohl sagen. Er noch schneller als ich, er wirkte immer düsterer oder besorgter oder betrübter, man konnte es daran erkennen, wie seine Wangen immer röter wurden, denn er saß immer öfter und länger in der Bar am Tresen – und es stimmt schon, als Bürgermeister hatte er schon immer einen guten Schluck gehabt, aber es war doch zu spüren, dass das jetzt etwas anderes war, Catherine musste ihn immer häufiger dort abholen und nach Hause bringen, und wem hatte er in den letzten zwei Jahren zu ähneln begonnen? Einem alten Kapitän vielleicht, dem allmählich klar wird, dass er gar nichts mehr kommandiert, als wäre in seinem Kopf alles stehen geblieben, sogar die Bewegung der Gezeiten, sodass die Algen in seinem Gehirn wucherten, so kommt er mir jedenfalls heute in der Rückschau vor, Le Goff, den Kopf verseucht von schmutzigem, abgestandenem Wasser.

Mir wäre es lieber gewesen, er wäre nicht mehr in meinen Garten gekommen, um mir was auch zu erzählen? Tausend Sachen, die ich nicht mal wissen wollte, denn das Klirren des Spiegels in seinem Kopf wuchs sich allmählich zu einem Wasserfall aus, der auf den Felsen krachte, und mit der Zeit begriff ich allmählich, ja, ich begriff – jetzt sage ich gleich was Dummes – die Undurchdringlichkeit der Dinge.

Und natürlich gab es das eine Mal zu viel.

Es gibt immer ein letztes Mal, nicht wahr, und natürlich das eine, das man später das eine Mal zu viel nennt, eben weil es das letzte war. Tatsache ist aber, dass er mich an einem Novemberabend besuchen kam, Tatsache ist, dass ich ihn näherkommen sah, ein schwankender Schatten in der Einfahrt, der unverständliche Sätze murmelte. Wahrscheinlich erkannte ich schon an seinem Gang, dass etwas anders war als sonst. Einmal zu oft zeichnete sich seine Gestalt auf dem weißen Kies ab. Einmal zu oft streunte er über die Halbinsel.

Und dann wurde mir klar, dass sein Gang nicht etwa am Wind lag, sondern an den Gläsern, die er zuvor schon allein in seinem Büro geleert hatte, während ich allmählich die Wörter aufschnappte, die er mit rauer Stimme hervorstieß, er sei der letzte Idiot, der allerletzte, sagte er, er habe sich verarschen lassen, wir alle hätten uns komplett verarschen lassen, sagte er. Dann sah er mich von Weitem und schien gleich weniger zu schwanken, als würde es ihn etwas aufrichten, dass er jetzt ein Ziel hatte, als wäre ich ein leuchtender Orientierungspunkt in seiner eigenen Nacht. Und indem er mit schnellen Schritten auf mich zukam, rief er mir noch aus etlichen Metern Entfernung im Zwielicht schon zu: Du auch, Kermeur, du hast dich auch gründlich verarschen lassen, ja, kreuzweise hast du dich verarschen lassen.

Wie ich ihn so hörte in der anbrechenden Nacht, da war es, als würden die schwarzen Bäume, knorriger als sonst, über mir zusammenstürzen, als gäben sie untereinander ein hartnäckiges Gerücht weiter, ein spöttisches Gerede, das sich durch die Luft wand. Ich hatte das Gefühl, ja dass sie alle, die Pinien und der Farn und das starre Gras der Dünen, ein Geheimnis hüteten und sich flüsternd gegen mich verschworen, direkt neben mir, so stolz darauf, dass sie in ihrer eigenen Welt lebten, ihrer

Welt ohne Phrasen noch bösen Gedanken. An diesem Tag, verstehen Sie, da wäre ich gern ein Baum gewesen. Und er kam immer noch näher, er schleuderte seine grässlichen Sätze in die Nacht, er sagte »nein, Kermeur, du bist nicht besser als die anderen«, und nach all den Jahren duzte er mich zum ersten Mal.

Ich hörte nicht sehr weit entfernt einen Fensterladen quietschen, ein oder zwei Lichter schienen im selben Moment zu verlöschen, und ich dachte, ich würde jetzt auch gern die Fensterläden schließen, denn er schrie meinen Namen in die feuchte Luft hinaus, noch nie war mir derart bewusst gewesen, dass ich Kermeur hieß. Er schien sich zwischen seinen Sätzen zum Lachen zu zwingen, kam immer noch näher, und bei mir angelangt, sagte er, diesmal leiser und irgendwie ironisch: Schau mal einer an, man investiert also in Immobilien, was? ... Kleiner Geheimniskrämer ... aber vor dem Bürgermeister kann man nichts verstecken, oh nein, absolut nichts, der Bürgermeister sieht alles, der Bürgermeister weiß alles ...

Was haben Sie denn, fragte ich, wovon reden Sie?, fragte ich, Sie sind ja völlig breit.

Und Le Goff sprach weiter, er sagte »wir haben alle unsere kleinen Geheimnisse, was?« und balancierte vor mir von einem Bein aufs andere wie ein Stehaufmännchen, ja, an diesem Abend ähnelte er einem Stehaufmännchen, das nicht zur Ruhe kommen kann, er zündete sich im Schutz meines Vordachs eine Zigarette an und inhalierte tief, als wäre es der reine Sauerstoff. Er lehnte die Stirn an die Fensterscheibe und sah hinein, als wollte er überprüfen, dass ich auch allein war – und ja, ich war allein, Erwan war im Stadion zum Spiel, ich ging schon eine ganze Weile nicht mehr mit. Le Goff wollte seine Zigarette austreten, aber der Wind blies sie weg. Und was sollte ich auch tun, ich stand da und ließ tausend wilde Anwürfe über mich ergehen, die er über die Dächer schleuderte, also bat ich ihn hinein, kommen Sie aus dem Wind raus, sagte ich, kommen Sie rein. Und das tat er, er kam zu mir herein und ließ sich nicht erst auffordern, sich zu setzen – sich hinzufläzen, sollte ich eher sagen, derart lümmelte er sich auf das Sofa, ich ging unterdessen in die Küche, nachschauen, was ich ihm anbieten könnte und auch mir, denn ich hatte begriffen, dass das hier einige Zeit lang dauern würde und wir am besten Gleichstand hätten. Also habe ich eine Flasche Whisky geholt, ja Whisky, sagte ich zum Richter, an diesem Abend war mir nach Whisky.

Es beruhigte ihn ein wenig, sich in das Sofa sinken zu lassen, sein Gewicht stauchte die Polster, und ich bemerkte durchaus, dass er versuchte, sich zusammenzureißen und sich ein wenig aufzurichten. Er siezte mich sogar wieder und entschuldigte sich, vielleicht, sagte er, könne er nur so, in diesem Zustand, zu mir kommen, es gebe nicht viele Leute, mit denen er sich zur Zeit unterhalten könne, und der Erste, dem er eine Entschuldigung schulde, das sei ich.

Ich?, fragte ich.

Ich schulde der ganzen Stadt eine Entschuldigung, sagte er, der ganzen Stadt.

Und eigentlich brauchte er nicht mehr zu sagen, damit hier vor unseren Augen, unter der Deckenlampe, die verzerrte Silhouette der Geschehnisse auftauchte, will sagen die etwas verschwommene Menge der nicht gebauten Gebäude, der falschen Lächeln, und der tausenden und abertausenden Geldscheine.

Mir können Sie es ruhig sagen, sagte er, wo Ihre fünfhunderttausend Franc abgeblieben sind, das weiß ich genau.

Ach ja, und?, fragte ich, was würde das ändern?

Oh, nicht viel, antwortete er, nicht viel. Schon goss er sich nach, tauchte seinen Blick tief ins Glas und fügte noch hinzu: Wissen Sie, ich bin jetzt vor allem hier, um Ihnen zu helfen, die Sache zu beerdigen.

Dieser Satz, Herr Richter, die Sache beerdigen, ich weiß nicht, ob ich ihn in all seinen Bedeutungen begriff, aber ich weiß, dass er auf mich wirkte wie eine gewaltige Plane, die sich über die gesamte Halbinsel legte, eine Art Ölpest, die vom Grunde des Ozeans aufstieg und die gesamte Bucht mit ihrer Schmiere überzog. Das passte gut zum Wind, er wirkte auf einmal ebenfalls dicht und dunkel, es passte gut zu diesem unmöglichen Abend, an dem die Dinge, sämtliche Dinge sich zu verhärten und um einen schwarzen Mond zu kreisen schienen.

Das Seltsamste war vielleicht, dass er mir ja nichts Neues erzählte, sondern vielmehr die allerletzte Karte mitbrachte, die noch ganz oben auf einem Kartenhaus fehlte, diejenige, von der man weiß, dass sie alles zum Einstürzen bringen wird, obwohl einem längst klar ist, dass jede bisherige Etappe uns darauf zuführte, auf den Einsturz, und ich glaube, ich sagte nur, auch aus Stolz vielleicht, ich sagte: Sie sind der Bürgermeister, Martial, Sie sind derjenige, der etwas tun muss.

Aber er schaute mich an aus seinen Augen, mit denen

er kaum mehr etwas fixieren konnte, als ob er Mitleid mit mir oder einen Vorsprung vor mir hätte, und er benutzte diese ziemlich trockene Formulierung, er sagte: Etwas tun? Nein, da gibt es nichts mehr zu tun, der hat mich schon viel zu lange angebunden wie eine Ziege an einen Pflock.

Ich verstand nicht gleich, was er damit meinte, was sollte das Ihrer Meinung nach bedeuten, fragte ich den Richter, »wie eine Ziege an einen Pflock«? Aber seitdem ist genug Zeit vergangen, dass ich es verstehen konnte, vor allem, um zu verstehen, dass ein gewisser Antoine Lazenec schon längst wusste, wie er es anzustellen hatte, um egal welchen Stadtoberen Frankreichs mit einer Leine anzupflocken und ihn in eine Ziege oder einen Esel zu verwandeln – ja, das wusste er. Und bei Le Goff war ihm das ganz sicher nicht schwergefallen – und das ist nichts, was man über die Zeitung verbreiten könnte, eher eine Art fest um die Taille geschnürter Sprengstoffgürtel, den der Bürgermeister besser nicht zu lösen versuchte, denn sonst würde er in die Luft gehen.

Ich glaube, ich verstehe nicht ganz, sagte der Richter.

Gut, lassen Sie es mich erklären. Lassen Sie mich fertig erzählen, dann sehen Sie, ob Sie verstehen oder nicht. Ich jedenfalls verstand ziemlich schnell, vielleicht konnte mein Denken an dem Abend dank des Whiskys im Bauch eine Abkürzung machen, denn ich hatte eine blitzartige Eingebung, ich fragte: Martial, haben Sie etwa auch investiert?

Darauf hob Le Goff den Blick, sah mich etwas ausdauernder an, etwas schwerer, und so verharrte er lange, ohne ein Wort.

Das Problem, Herr Richter, war nicht, dass Le Goff investiert hatte. Von mir aus hätte er gern zehn Wohnungen kaufen können, wenn er Spaß daran hatte. Das Problem ist, dass er zwar investiert hatte, aber eben nicht sein eigenes Geld.

Nein. Öffentliche Gelder. Er hatte das Geld der Gemeinde investiert, verstehen Sie? Zehn Wohnungen, im Voraus bezahlt genau wie ich, nur zehnmal fünfhunderttausend, das sind fünf Millionen, und für eine Gemeinde wie unsere bedeuten fünf Millionen den Abgrund, der zwischen Gelingen und Ruin liegt. Le Goff war an diesem Abend zu mir gekommen, um mir genau dieses zu erzählen, dass er die Stadt in den Ruin getrieben hatte. Ich glaube, ganz genauso sagte er es: Ich habe die Stadt in den Ruin getrieben.

Mir kam das Wort Vorsehung in den Sinn, wie ein Parasit, den man nicht loswerden kann, wegen all der Jahre, in denen es seither verkümmert und verkommen war. Das Wort Vorsehung stand jetzt vor mir im Wohnzimmer, überall rissig, es rannte gegen die Fensterscheiben an und zerfiel zusehends, schwand, als würde es bald unter den geschlossenen Türen hindurchwehen und seinen Gestank über die ganze Bucht verbreiten. Und in der lastenden Stille machte Le Goff ein Geräusch mit seinem Mund, eine Art »pfft«, und öffnete dazu die Hand in die Luft hinein, als wollte er sagen, da, das Geld, das ganze Geld, pfft, futsch. Und als wäre er auf einmal wieder nüchtern, sah er mich an, wie wenn er in der Sitzung des Gemeinderates eine folgenreiche Mitteilung zu machen hatte, und er schloss: Ich habe alles versaut.

Ja, stellen Sie sich vor, mir, der ich doch immer nur ein armer Kerl gewesen war, der nur zufällig mit ihm im selben Boot saß, mir vertraute er auf einmal alles an, als wären wir Brüder oder so, Le Goff wollte nichts mehr verbergen, vielleicht wegen des Alkohols und der Resignation, die einander noch verstärkten, es war, als würde sein ganzes inneres Dunkel irgendwie erhellt, ich weiß nicht, durch …

Klarheit?, sagte der Richter.

Ja genau, genau das, sagte ich, Klarheit. Sie haben einfach immer das passende Wort parat.

Ja, Sie sitzen im selben Boot wie ich, sagte Le Goff, und unser Boot, tut mir leid, unser Boot mag zwar schon seit fünfundzwanzig Jahren gemütlich die Küste rauf und runter schippern, aber jetzt hat es so viel Wasser gezogen, dass es nicht mehr weiterkommt. Vielleicht ist es an der Zeit, von Bord zu gehen.

Und ich weiß nicht, was er noch alles gesagt hätte, in was für einen Strudel von Wörtern er uns gezogen hätte, wenn nicht in genau diesem Moment die Tür aufgegangen wäre, etwas heftig, jäh drang der Wind ins Wohnzimmer, und Erwans Gestalt tauchte vor uns auf, den Fanschal noch um den Hals geschlungen.

Das hat uns natürlich aufgeschreckt, und ich war völlig überrascht, ihn zu sehen, als ob er hier nichts zu suchen hätte, als wäre er noch ein Kind und würde nebenan schlafen, dabei war Erwan natürlich schon lange kein Kind mehr. Ich hatte in diesem Moment einfach die vergangenen Jahre vergessen, hatte vergessen, dass Erwan nicht mehr elf, sondern siebzehn war, ohne dass ich in der Zwischenzeit etwas anderes bemerkt hätte als den Abgrund, der vor meinen Füßen klaffte, ja, ich hatte Erwan selbst vergessen – dass er alt genug war, spät aufzubleiben, allein wegzugehen und ohne Vorankündigung heimzukommen. Überrascht hätte aber vor allem er selbst sein müssen, dass er uns zu so später Stunde hier vor einer fast leeren Flasche Whisky antraf, noch schwebte der tief aus den Gläsern aufgestiegene Dunst unseres Gesprächs in der Luft.

Wenn Sie da seinen Blick hätten sehen können, er starrte uns an wie zwei Tiere im Zoo, mit seiner Erwachsenenstimme sagte er nur, »was ist denn das hier für ein Scheiß?«, und mir war klar, das war nicht der Moment für Diskussionen. Erwan war in der Pubertät leicht reizbar. Dem hätten Sie die Handschellen nicht abgenommen. Der wäre Ihnen schon dreimal an den Hals gesprungen, um Sie zu erwürgen – Väter und Söhne sind einander eben nicht immer gleich, und wenn ich aus dieser Geschichte eines gelernt habe, dann, dass es einen Augenblick gibt, in dem einem klar wird, dass die Kinder nicht die Verlängerung von einem selbst sind. Jahre und Jahre braucht man, um sich dessen bewusst zu werden, man selbst vielleicht nicht einmal so viele, aber die Kinder, wie viele Jahre brauchen die, bis ihnen eines Tages klar wird, dass sie nicht der verlängerte Arm, der Erfüllungsgehilfe unserer Träume sind und all dessen, was wir im Leben nicht getan haben, ja dass sie nicht da sind, um gutzumachen, was wir verbockt haben?

Und der Richter wirkte mitleidig, jedenfalls wies sein Gesicht alle Zeichen dafür auf.

Wie alt ist Ihr Sohn?, fragte ich.

Sieben.

Dann haben Sie all das noch nicht erlebt.

Er schüttelte den Kopf, nein, noch nicht.

Sieben Jahre, sagte ich, wissen Sie, was wir erlebt haben, als unser Erwan sieben war? Ich glaube, die ganze Stadt erinnert sich daran. Ich will nicht sagen, dass sich damit irgendetwas erklären ließe, aber an dem Tag wäre ich vor den Augen meines eigenen Sohns beinahe gestorben, ja, vor Erwans Augen und sogar denen der ganzen Stadt. Ich erinnere mich, als ob es gestern gewesen wäre. Auf dem Rathausplatz hatten sie ein Riesenrad aufgebaut. Ich glaube, es war das erste Jahr, dass es sich so drehte über unseren Köpfen, die Kabinen zeichneten ein großes Zifferblatt vor den Himmel, und natürlich schlug ich Erwan vor, mitzufahren. Ich kaufte zwei Tickets, wir setzten uns einander gegenüber, Erwan und ich, auf die runde Bank aus Kunstleder, und ich sagte zu ihm, er solle sich nicht bewegen, es könnte gefährlich sein, mir selbst wurde schon immer leicht schwindlig, fast mehr für die anderen, als für mich selbst – und hier natürlich umso mehr, mit meinem Sohn, in der kleinen, im Wind schwankenden Kabine, und die Stadt schrumpfte zu einem Poster, je höher wir kamen. Oh, man hatte einen sehr guten Blick über die Stadt, weiter hinten unsere Halbinsel, sogar unser Haus konnte man ahnen mitten darauf, und es war noch keine Rede von Scheidung oder Lazenec oder alldem, für ein paar Minuten war es ganz großartig, da oben im Himmel stehen zu bleiben, das Meer fast zu unseren Füßen, ja, es war großartig. Und dann fuhr die Kabine wieder hinab. Und als wir unten bei der hölzernen Rampe anlangten, sprang ich natürlich als Erster heraus, um Erwan zu helfen, und als ich festen Boden unter den Füßen hatte, streckte ich die Arme aus, um ihn zu greifen. Ich weiß nicht, was in den Typen gefahren war, der das Ganze steuerte, war er abgelenkt oder was, jedenfalls ausgerechnet in diesem Augenblick, als ich Erwan schon fast in den Armen hatte, setzte sich das Riesenrad wieder in Bewegung, mit einem Ruck ging das Ding wieder los, Erwan drückte es rücklings wieder auf die Bank, und ich weiß nicht, was mich dazu brachte, aber als ich Erwan ganz allein über mir sah, als ich sah, wie er ohne mich weiterfuhr, da klammerte ich mich reflexhaft mit beiden Händen an die Metallstrebe, statt ihn einfach losfliegen zu lassen, und so stieg ich ebenfalls auf, allerdings außerhalb der Kabine, stellen Sie sich das vor, ich hing mit beiden Armen an dem Balkon, ich baumelte im Leeren, spürte, dass ich mich erhob wie mit einem Heißluftballon. Ich schwöre Ihnen, von außen gesehen bewegt sich so ein Riesenrad schnell, niemand bemerkte etwas außer mir, außer Erwan natürlich, der sofort losschrie und weinte, und ich selbst fing auch gleich an zu schreien wie ein Wilder: Anhalten, lasst mich runter, ganz zu schweigen von den Flüchen, die ich losließ. Aber die Musik hämmerte laut über das Gelände, sie übertönte Erwan und mich, und bei dem Wind und in der Kälte, die mit jedem Meter schlimmer wurde, wusste ich nicht, wie lange ich mich noch würde halten können, während das Riesenrad weiter und weiter anstieg, wie eine Art Spieluhr, die ihre Noten abarbeitete. Mittlerweile standen unten Leute und fragten sich, wann ich abstürzen würde, schon befand ich mich auf zwanzig, fünfundzwanzig Metern Höhe, mit anderen Worten, wenn ich losließ, war ich ein toter Mann. So etwas erlebt man nicht oft, nicht wahr, eine Situation kurz vor dem Tod, aber ich kann Ihnen sagen, da geht etwas ganz Unendliches zwischen Überleben und Tod auf, eine Art Abgrund, den man mit allen Ängsten füllt, dank derer man ganz allein dafür sorgt, sich weiter festzuhalten und rasch hintereinander alle Listen zu erfinden, die das Gehirn sich nur ausdenken kann, um auf alles gefasst zu sein, sogar auf den Tod. Ich weiß heute nicht, ob ich das alles damals in der Situation selbst schon dachte oder erst später, ob davon ein Riss geblieben ist, den ich noch immer nicht gekittet habe, aber seither denke ich, zu sterben ist gar nicht so schlimm, wenn es bald vorbei sein sollte, dann brauche ich mir eigentlich nicht vorzustellen, dass etwas von mir bleiben, dass ich Fels oder Sand werde oder dass sogar, wer weiß, ein Teil von mir noch in tausend Jahren vorhanden sein wird, in eine Pflanze verwandelt, aber ich kann Ihnen sagen, mit der Vorstellung, dass sich etwas von mir in die Lüfte erheben wird, bin ich seit Langem fertig.

Aber von wegen in die Luft steigen, in dem Moment damals war ich wie eine Sprungfeder, die sich in den Himmel streckte und bald nachgeben würde. In Erwans Augen, das ist alles, was ich weiß, stand der unendliche Abstand geschrieben, den man nie würde überbrücken können, und mit seinen Kinderhänden versuchte er, meine Handgelenke festzuhalten, ich sagte, nein, Erwan, halte mich nicht fest, sonst stürzt du noch mit mir zusammen ab, lass los. Aber was konnte er mit seinen sieben Jahren von seinen Wünschen wissen und von seinem Bedürfnis, mich zu überleben? In gewisser Weise war es zu spät, um ihm das zu erklären, ihm das zu versichern, dass er selbstverständlich ohne mich würde leben können, dass jedes Kind so etwas ertragen und ohne seinen Vater groß werden kann, und von heute aus gesehen wäre es ja vielleicht sogar besser gewesen.

Aber jetzt sitze ich hier vor Ihnen. Ich bin damals nicht umgekommen, denn irgendwann hat der Passagier in der Kabine unter uns mich schreien gehört und hat seinerseits losgeschrien, zu der Kabine unter ihm, und immer so weiter, derselbe Schrei gelangte wie über eine Menschenkette an die Ohren des Typen im Führerstand, er begriff, was los war, und hielt alles an und legte den Rückwärtsgang ein, und ich spürte, wie die Kabine kurz stehen blieb und sich dann wieder senkte, derselbe Film in Gegenrichtung, ja, als würde man die Zeit rückwärtslaufen lassen, sie auslöschen, als wäre nichts passiert, ich hätte mich nicht an dem Geländer festgeklammert, Erwan hätte nicht geweint, wir wären nie in ein Riesenrad gestiegen – oh, diese Empfindung, ich erinnere mich gut daran, und später hätte ich sie so gern wiederholt, ich hätte gern gespürt, dass in unserem Leben manchmal der Rückwärtsgang eingelegt wird.

Nur, das sehen Sie sicher auch so, in normalen Zeiten gibt es eben keinen Rückwärtsgang. Jedenfalls habe ich in meiner Geschichte nie wieder etwas gesehen, das so aussieht, außer, dass ich sagen könnte, seitdem geht alles gegen den Uhrzeigersinn, irgendwie, als wäre ich an jenem Tag eingeschlafen oben in dem Riesenrad und wäre noch nicht wieder aufgewacht, als würde ich seither einem Murmeln tief aus meinen Träumen lauschen und Erwan wäre auch nicht groß geworden, ich meine, als hätte er noch nicht gesehen, wie sein Vater jedes Jahr tiefer in die Polster seines Sofas sinkt, eine Rechenmaschine an der Stelle seines Gehirns, und mit seinen immer rotgesichtigeren und immer dickeren alten Freunden eine Flasche nach der anderen leert. Aber Erwan ist eben doch groß geworden. Erwan trinkt Whisky und raucht Zigaretten, und seine Schultern sind breiter als meine.

Er sieht, dass ich alt bin, er sieht, dass mein Rücken krumm wird unter der Erschöpfung und dem Lärm aller Kämpfe, die es zu führen gilt, aber eigentlich fängt er erst jetzt an zu begreifen, dass nicht nur ich alt geworden bin, sondern er auch herangewachsen ist, dass er sich nicht mehr auf die Zehenspitzen zu stellen braucht, um mich zu umarmen, und schließlich entdeckt er tief in sich diese einzige Sache, die ihn natürlich beunruhigt: dass ich und nur ich sein Vater bin. Das entdeckt man mit achtzehn oder zwanzig. Dass man sein Leben lang denselben Vater haben wird. Dass man sein ganzes Leben mit denselben Gespenstern verbringen wird. Denselben Sängern im Radio. Denselben Politikern. Derselben Kindheit huckepack.

Erwan hielt sich nicht lange bei uns auf. Er drehte sich auf dem Absatz um und schloss sich in seinem Zimmer ein, drehte die Musik so laut, dass wir sie hören mussten. Fast wären wir laut herausgeplatzt, Le Goff und ich, wie zwei auf frischer Tat ertappte Lausebengel, die sich jeder am schallenden Lachen des anderen festhalten. Aber dann hörten wir die Tür zuschlagen, wir sahen einander an und lachten doch nicht. Le Goff stand auf, drückte sich auf den weichen Armlehnen des Sofas hoch, so gut er konnte, und warf etwas matt hin: Ich glaub, ich werd dann mal.

Und jetzt, das war seltsam, jetzt wollte ich nicht mehr, dass er ging. Ich weiß nicht, war es das Brausen des Windes draußen oder das Gefühl, mein Haus sei zu klein für unsere Wut, oder einfach, es sei noch nicht mal so spät, jedenfalls sagte ich: Ich begleite Sie, Martial, das wird mir guttun. Und so machten wir es. Wir standen etwas schnell auf. Wir schlüpften in unsere Jacken. Wir gingen hinaus.

Wir gingen durch den nächtlichen Wind, und es war deutlich, dass ich seinen Vorsprung eingeholt hatte, ich meine, hier in der feuchten Luft war ich ebenso betrunken wie er, ebenso leicht wie er, der Alkohol und der Wind hielten uns aufrecht wie zwei Buchstützen, kerzengerade in der lichten Nacht.

Es gibt zwei Dinge, bei denen ich mich manchmal bedanken möchte, sagte ich zum Richter, nämlich Wind und Alkohol. Ja, Alkohol. Vielleicht schockiert es Sie, dass ich das sage, wahrscheinlich würden Sie mir zu dieser Tageszeit nicht mal ein Bier anbieten, aber ich schwöre Ihnen, zusammen mit dem Wind hat das eine ganz unvergleichliche Wirkung, und, vergessen Sie das nie, an manchen Abenden kann noch der schlechteste Whisky, von dem Ihnen den ganzen nächsten Tag lang übel ist, Ihnen das Herz heilen, das Herz zerreißen, ja, aber auch heilen, indem er alle Giftstoffe hinausspült, die sich über die Monate hin angesammelt haben, und auf einmal kreisen sie nicht mehr in Ihren Adern, denn literweise Schnaps und die schlaflose Nacht haben sie ausgewaschen. Vergessen Sie nie, das verdanken Sie all diesen Dingen, die Sie nur zu bestimmten Tageszeiten tun und in bestimmten Zuständen, all diesen Gedanken, die Sie nur zu bestimmten Tageszeiten und in bestimmten Zuständen haben, und sie, diese Gedanken, die sind das kraftvollste Reinigungsmittel, das ich kenne.

Eben dieses Reinigungsmittel führte uns an den Strand hinunter, das rastlose Meer vor unseren Augen. Ich kann Ihnen sagen, in dieser Nacht mit all dem Alkohol in uns und dem Wind um uns herum hat es unendlich gutgetan, Lazenec zu verfluchen, mit Meeresblick, wir schworen, wir würden ihm nicht so leicht die Stellung überlassen, diesem fetten Arschloch. Wir schrien auf den Ozean hinaus. Dieser Mistkerl. Fast war es ein Wettbewerb. Dieser Hurensohn. Jedes Schimpfwort hüpfte über das Wasser. Dieser Scheißbetrüger. Und der Wind trug es weit hinfort. Dieses fette, stinkende Arschloch.

Ich weiß noch, als ich später nach Hause kam, saß Erwan da im Wohnzimmer mit übereinandergeschlagenen Beinen wie in einem Wartesaal, das war die für ihn typische Wartehaltung, das war die für mich typische Art, den Schlüssel behutsam im Schloss umzudrehen, um ihn nicht zu wecken, als wäre er gerade erst eingeschlafen. Da stand die Whiskyflasche, er betrachtete sie, als könnte sie zum Beweis gegen mich dienen. Er fragte mich, warum Le Goff hier gewesen sei – was hatte der hier zu suchen, das waren seine Worte.

Und ich weiß nicht, ob es an seinem Blick aus diesem Sessel lag, über dessen Lehne sein Kopf mittlerweile ein gutes Stück hinausragte, jedenfalls hielt ich diesen Blick kaum aus, dass er mit mir sprach wie ein Vater zu seinem Sohn, bewirkte eine Art Riss in mir, ja, Sie hören recht, zu seinem Sohn, und weil ich, als ich die Tür aufmachte, mich in mein eigenes Haus einschlich, auf einmal eben genau das war, ein Heranwachsender, der eine Abreibung verdient hatte. Als wäre ich jetzt selbst in seiner Hosentasche, denn da wäre ich in diesem Moment wirklich am liebsten gewesen, tief drinnen an der Leistenbeuge, um der Schande zu entkommen oder sonst einem Gefühl, das einem Vater seinem Sohn gegenüber schlecht zu Gesicht steht.

Und er bediente sich am Whisky, das wirkte seltsam auf mich, mein eigener Sohn mit einem so starken Getränk in der Hand, und er führte das Glas an die Lippen.

Das geht dich alles nichts an, sagte ich, das ist etwas unter Erwachsenen. Wenn du ein bisschen normaler wärst, dann würdest du nicht in einer Samstagnacht zu Hause auf deinen Vater aufpassen, sondern mit einem Mädchen ausgehen oder aber, was weiß ich, mit deinen Freunden Bier trinken und dich nicht mit Dingen abgeben, die dein Leben nicht verändern werden. Ja genau, sagte ich, in deinem Alter gibt man sich mit Dingen ab, die das Leben verändern.

Er trank wortlos weiter seinen Whisky und blies den Rauch seiner Zigarette aus, als stünde in dem Rauch, in der Wolke vor seinem Gesicht eine ganze Antwort geschrieben, ohne dass ich herauslesen konnte, ob das ein Ausweichmanöver war oder Frechheit. Unser Gespräch war wahrscheinlich noch nicht beendet, doch dann hörten wir auf einmal etwas wie eine Detonation, einen dumpfen, tiefen Knall in der Nacht. Ich glaube, ich begriff sofort. Ich glaube, ich sagte: Le Goff.

Das gibt es ja immer, einen Tag oder eine Stunde, wo die Dinge kippen, und danach kann man nicht mehr so tun als ob – also als ob es nicht geschehen wäre. Es mag nur ein einziges Körnchen sein, das durch die Sanduhr rieselt, aber genau das ist das Körnchen zu viel, danach ist nichts mehr, wie es war, alles bricht zusammen, oder es gibt eine Kettenreaktion, die Ereignisse folgen aufeinander mit der Zwangsläufigkeit der Verse eines Gedichts.

Mir ist so, als wäre dieser Schuss immer noch zu hören gewesen unter den schwarzen Regenschirmen, die am Freitag danach das Grab überdachten, sein Echo hallte mindestens drei Tage lang am Kirchturm wider, ein Querschläger im Läuten der Totenglocke, jetzt pfiff er über die Friedhofswege. Und hier, inmitten des zu Hunderten einberufenen Dorfs, mischte es sich mit dem Pochen unserer Herzen, dem Knirschen des Kieses, dem Hämmern des Regens – denn es regnete heftig.

Lazenec war natürlich auch da. Ich stand da und blickte Lazenec an, uns trennte nichts als das offene Grab und der sich langsam senkende Sarg, an Seilen hinabgelassen von den Steinmetzen, die ihn hier an seinen letzten Ort betteten.

Eines ist sicher, Herr Richter, hätten wir nachgeforscht, woher sie wirklich kam, diese Gewehrkugel, die Le Goff sich einige Tage davor in den Schädel geschossen hatte, wenn wir uns für die wirkliche Herkunft dieser Kugel interessiert hätten, und ich meine nicht die wirkliche Herkunft auf dem Gebiet der Fakten, sondern die wirkliche Herkunft in Gedanken, die wirkliche Herkunft im inneren Kreislauf der Bilder und Beschämungen, ja dann hätten wir nicht lange gezögert, wir hätten schnell gewusst, wer den Abzug betätigt hatte.

Ich warf eine Rose auf den Sarg, andere nach mir auch, Dutzende, sie regneten wie farbige Tränen auf das schwarze Holz. In dem unaufhörlichen echten Regen verharrte jeder von uns kurz in Gedenken, die Freunde, die Bürgermeister der Nachbargemeinden, die Bewohner und dann natürlich Catherine, eine Hand am Hut wegen des Windes, der auch an diesem Tag stark wehte. France war auch da. Auch sie in Schwarz. Ich traue mich nicht zu sagen, dass sie Klasse hatte, wir blieben alle in unserer Schublade »einfache Leute«, aber wegen des schwarzen Tülls, der ihr Gesicht verbarg, wegen der hohen Absätze und der hochgeschlossenen Samtjacke fand ich sie einfach schön, ohne genau zu wissen, was diese Vorstellung in mir auslöste, oder vielleicht nicht Vorstellung, vielleicht eher ein Gefühl, obwohl, zwischen Vorstellung und Gefühl habe ich nie so recht unterscheiden können.

France wollte hinterher nicht ins Rathaus mitkommen, nach der Beerdigung gab es eine letzte Würdigung im

Festsaal, France verschwand still und heimlich, darauf verstand sie sich, und als wir, Erwan und ich, sie irgendwann in der Menge, die sich am Friedhof eingefunden hatte, suchten, da war sie verschwunden. Selbst Erwan war an diesem Tag nicht der aufsässige Jugendliche, der mich von oben herab behandelte, ich glaube, auch ihn hatte Le Goffs Tod erschüttert. Nebeneinander gingen wir zum Rathaus, nahmen gleichgültig den Regen hin, nahmen gleichgültig das Wasser hin, das uns in Schuhe und Jackenkragen lief.

Und dann waren wir also dort, wieder in diesem einst so festlichen Saal, jetzt galt es bei den Vorbereitungen zu helfen, die Gläser auf den Papiertischtüchern zu füllen. Ich holte ein paar Flaschen aus der Kammer. Dort stand in einer Ecke das Modell der »Residenz Goldener Sand« und alterte allein vor sich hin. Noch waren die kleinen Plastikmännchen zu erkennen, unter dem Staub auf dem Glasdeckel schienen sie unter Luftnot zu leiden, es wirkte wie Nebel, in dem sie irgendwann ersticken würden.

Ich brachte die Flaschen zum Buffet, dann aß jeder ein Stück Brioche und trank ein Glas Cidre, es war einer dieser Momente, die sozusagen eine Schleusenkammer bilden, bevor man in den Alltag zurückkehrt, etwas, das uns hilft, dem Tod oder dem Gedanken an den Tod zu entkommen, als würden wir bei Beerdigungen immer für einen Augenblick mit ihnen, unseren Toten, in die Gruft hinabtauchen und hätten tausend Listen ersonnen, um zurückzukommen und ihn hinter uns zu lassen, ich meine den Tod, der anscheinend noch lange an unseren Kleidern haften bleiben will. Hier, ein Glas Cidre in der Hand, schien natürlich nur er, Antoine Lazenec, nichts unten in der Gruft gelassen zu haben – das kann ich garantieren, jedenfalls nach der Art und Weise zu urteilen, wie er sich mit Brioche vollstopfte und immerhin den Anstand besaß, sein Grinsen etwas zu mäßigen. Und unsere Blicke begegneten einander. In diesen langen Minuten inmitten der verdüsterten Gestalten, die sich stärkten und Le Goff zu vergessen begannen, waren wir, Lazenec und ich, wie zwei Hirsche im Wald, die einander beäugen und nicht recht wissen, ob sie den Kampf beginnen sollen.

Aber dann, als ich meinen Mantel aus der Garderobe holen wollte, Erwan stand schon in dem Bogengang draußen und wartete rauchend auf mich, kam Lazenec auf einmal sehr schnell zu mir und redete auf mich ein, wie es seine Art war, es sei schrecklich, sagte er, was vorgefallen sei, unter uns gesagt, sagte er, ich hätte Le Goff nicht für so labil gehalten.

Ich antwortete, ja, es sei schrecklich, in der Tat, und ich schlüpfte schon in meinen Mantel, um zu gehen, da war es auf einmal, als hätte er mich beiseitegenommen und schon von der Menge der anderen isoliert, er sagte allerlei ungefähres Zeug, von wegen in der Politik, es sei traurig, dass man das sagen müsse, aber da müsse man belastbar sein, vielleicht sei Le Goff ja schwermütiger gewesen, als er wirkte, Lazenec ritt immer weiter auf dem Thema herum – ich pflichtete schon bei, denn egal wie, es hätte in dieser Situation keine passenden Worte für eine Entgegnung gegeben, nur Schulterzucken im Sinne von: Ich weiß nicht, sicher hatte er seine Gründe, wen kennt man schon genau, Sie wissen ja.

Und tief drinnen fragte ich mich: Was willst du wissen, Lazenec, was denkst du, dass ich wüsste, und was soll dir das? Einen Augenblick lang war es, als hätte ich das nackte, dunkle Gesicht seines inneren Dämons gesehen, als hätte es in diesen ganzen wohlgesetzten, wie eine Partitur komponierten Sätzen vor meinen Augen zu tanzen begonnen. Und ich dachte: Jetzt bin ich ein Unkraut, das er ausreißen möchte, er fürchtet, es würde immer wieder nachwachsen, unendlich, und wir fochten etwas wie ein Armdrücken aus Schweigen und verlogenen Sätzen aus, als würden wir unsere Figuren auf einem Schachbrett in Stellung bringen. Hier in der etwas grauen Umgebung des Rathauses lief etwas wie eine Jalta-Konferenz im Kleinen, ein Handschlag und noch einer und noch einer, und alles schien sich neu zu fügen, er fragte sich schon, an welchem Pflock er auch mich, Esel oder Ziege oder getretenen Hund, an welchem Pflock er mich noch anketten könnte, ihm war nicht klar, dass ich längst an der Kette lag wie der Hund in der Fabel.

Woran denn angekettet?, fragte der Richter, Sie waren an überhaupt nichts gekettet, höchstens vielleicht an Ihren Stolz?

Nein. Stolz war es nicht. Sie kennen dieses Gefühl nicht, wenn noch tief in einem drin etwas Seltsames, Unergründliches, Sie würden vielleicht sagen, Absurdes lauert, aber das Schlimmste ist, dass wir für dieses Absurde, das tief in einem lauert und einen daran hindert, alles fahren zu lassen, dass wir dafür ein hübsches Wörtchen erfunden haben, und dieses hübsche Wörtchen ist »Hoffnung«. Das sagte ich zum Richter, genau das, in diesem Ton, damit er aus meiner Stimme auch die Anführungszeichen heraushören konnte, die wie ein Goldrand das Wort »Hoffnung« einfassten.

Aber Hoffnung worauf?, fragte er.

Und ich sagte, diesmal, ohne den Blick zu senken, diesmal wie ein Recht, das ich vor jedwedem Staatschef einfordern würde, ich sagte: Hoffnung darauf, mein Geld wiederzukriegen.

Da ließ der Richter sich auf einmal in seinen Stuhl fallen und schien meinem Satz wehrlos ausgeliefert zu sein wie ein Zuschauer in einem alten Kino, der sich nur fragt, wie der Film enden wird, oder vielleicht sogar, ob das alles eines Tages überhaupt endet.

Sie wissen ja nicht, wie das wirkt, sagte ich, Geld im Gehirn, dabei geht es gar nicht darum, was Sie damit machen könnten oder was Ihnen im Alltag fehlt, ich meine, wenn ich auch nur eine Sekunde lang dieses Geld in materiellen Wohlstand hätte umwandeln können, dann hätte ich mich daraufgesetzt wie auf ein bequemes Kissen, aber das ist es nicht, es hat nichts mit dem Geld als solchem zu tun, nein, es ist wie ein Stück Fleisch, das einem gewaltsam herausgerissen wird, verstehen Sie, ein bei lebendigem Leibe herausgerissenes Stück Fleisch, die Wunde brennt unaufhörlich, als hätte er, der Cowboy, mich zunächst auf einem Operationstisch betäubt und mir dann ein Organ entnommen, ich weiß nicht welches, das Herz vielleicht, jedenfalls ein sehr wichtiges, er hätte es entnommen und ich wäre seitdem nicht wieder aufgewacht, und jetzt, wo ich dieses Organ wiederhätte, erst an diesem Tag würde ich aufstehen und wieder ein normales, tätiges Leben aufnehmen können.

So ist das nämlich, sogar, wenn Sie spüren, dass alles verloren ist, sogar, wenn Sie den Blick nicht mehr auf die Zukunft richten, dann ist es immer noch so, dass Sie die Stufen der Hoffnungslosigkeit sehr, sehr langsam hinabsteigen, eine nach der anderen, niemals alle auf einmal. Ich schwöre Ihnen, da ist etwas im Gehirn, das einen daran hindert, schnell hinabzugehen.

Und ja, an jedem einzelnen der eintausendneunhundertundfünfzig Tage bis gestern habe ich auf mein Geld gewartet, Sie hören recht, bis gestern – oh, nicht auf den Ertrag dieses Geldes, nicht auf die verheißenen Prozente, die ich gewiss an den ersten fünfhundert Tagen nach Lust und Laune auf und ab berechnet habe –, nein, so lange habe ich dann doch nicht gebraucht, um zu begreifen, dass ich den Ertrag nie zu sehen bekommen würde, aber den ursprünglichen Einsatz, Sie verstehen, die fünfhundertundzwölftausend Franc, an denen hielt ich mich noch fest, an der Vorstellung, man könne ja immer noch den Rückwärtsgang einlegen, wie bei dem Riesenrad, das in dem Moment, in dem Sie gar nicht mehr daran glauben, wie durch Zauberhand zurückfährt, an der Vorstellung, es könne eines Tages in meinem Kopf statt dieser ganzen Geschichte ein mit magischem Radiergummi gelöschtes unbeschriebenes Blatt geben, sodass ich, wenn ich gemütlich auf meinem Merry Fisher auf Wolfsbarsche angeln würde, an all dieses zurückdenken und darüber lächeln könnte. Aber so läuft das nicht. Jetzt weiß ich es. Und Lazenec wusste es ganz sicher auch. Und darum konnte ich zu Lazenec an dem Tag der Beerdigung, drinnen im Festsaal war der Cidre schon abgestanden, nur eines sagen, um unser Gespräch zu beenden, nur einen Satz, und zwar: Monsieur Lazenec, glauben Sie nicht auch, dass Sie diesmal wirklich erledigt sind?

Und es ist fast eigenartig, aber dieser einfache Satz, diese einfache rhetorische Frage, sie schien ihn zu erleichtern, als hätte ich mich noch rätselhafter geäußert als er sonst, als hätte ich gesagt: Lassen Sie mich in Ruhe, dann lasse ich Sie auch in Ruhe. Und er lächelte kurz, falls man das als Lächeln bezeichnen konnte.

Der Richter fragte: Ein Zucken vielleicht, Sie meinen, sein Gesicht zuckte?

Aber ich war gezwungen, das zu verneinen, ich sagte, ich wisse schon, was das ist, ein Zucken, und wenn es eines gewesen wäre, dann hätte ich es auch so genannt, aber das, nein, das war kein Zucken, sondern Lächeln, sagte ich.

Dann wandte ich mich um und ging nach draußen zu Erwan, der vor den Schaufenstern auf und ab ging und seine Zigarette fast aufgeraucht hatte, den Kopf umhüllt von dieser Art Kapuze, die ihn so gut von der Welt ringsum abschirmt. Aber ich weiß genau, er hatte die ganze Szene genau verfolgt. Ich weiß, er brauchte uns die Wörter nicht von den Lippen abzulesen, um die Machtverhältnisse zwischen Lazenec und mir zu begreifen und zu erdulden, Sie verstehen, denn man muss ja wirklich naiv sein, um zu glauben, dass so etwas durch eine aus Sätzen bestehende Sprache zum Ausdruck kommen würde, jeder Fünfjährige kann doch schon an der Rundung der Schultern und der Haltung des Halses erkennen, wer von zwei Männern den anderen in der Hand hat und ihn jederzeit zerquetschen könnte.

Aber Erwan sagte nichts, er ging mit den typischen hastigen Schritten des Teenagers los, der nicht weiß, was er mit seinem Körper machen soll, die Hände in den Taschen, als wollte er zeigen, dass er ganz gelassen war oder gleichgültig oder vielleicht auch das Gegenteil, um den inneren Aufruhr und die angespannten Nerven zu maskieren, die Fäuste hatte er wohl geballt in der Erwartung eines Abends, der größer wäre als die anderen, denn Erwan, das habe ich seitdem begriffen, war von all dem sehr viel stärker besessen als ich.

Wie, wovon war er mehr besessen als Sie?

Vom Klassenkampf, sagte ich. Und zum ersten Mal, seit ich mich hier in diesem Büro dem Richter gegenüber befand, lächelte ich.

Dabei habe ich Erwan genug angelogen, habe es jedenfalls versucht, um seinetwillen, um unser aller willen, um des sozialen Friedens willen, Sie verstehen, auf dem verregneten Heimweg sagte ich zu ihm, alles werde sich bald einrenken, ich sagte zu ihm, ich hätte viel mit Lazenec geredet, bald, ja bald schon würde sich vieles ändern, dabei spürte ich tief drinnen, dass ich ebenso gut den einzigen wirklich schlüssigen Satz hätte sagen können, der es wirklich verdiente gesagt zu werden, etwas in der Art von »So, dein Vater ist ein Idiot, dein Vater hat sich auf ganzer Linie verarschen lassen, jetzt liegt er am Boden und kriecht, und du bist sein Sohn und musst mit ansehen, wie er zugrunde geht.« Und allein bei der Vorstellung, ich würde das zu meinem Sohn sagen, fühlte ich mich erleichtert um all das Gewicht, das seit so vielen Jahren auf mir lastete, als würde ich davon träumen, eine lange Folge von Stufen hinabzugehen, auf die Leere zu, und als gäbe es am Grunde dieser Leere vielleicht einen unterirdischen Ausgang, ein Licht am Ende eines Kellers, wo ich endlich eine nach der anderen all die Waffen würde ablegen können, die ich so lange auf meiner gepanzerten Haut getragen hatte. Aber natürlich sagte ich nichts dergleichen. Wir gingen einfach so durch die feuchte Stille.

Vom Rathaus zu mir nach Hause ist es nicht weit, knapp einen Kilometer auf den regennassen Bürgersteigen, bis man bei der Einfahrt zum Schloss anlangte, dem früheren Schloss natürlich, aber unser Haus stand ja noch da, unser Haus wie der Grenzposten in einem vom Krieg verwüsteten Land. Sie sollten sich das einmal anschauen kommen, sagte ich zum Richter, die Fotos reichen nicht, man muss mit eigenen Augen sehen, wie das wirkt, dieses Haus ganz allein mitten auf dem Acker, wie verloren mitten im Schlamm. In unserer Gegend kann man sich sowieso leicht verlaufen, weil die Wolken so dicht sind oder warum auch immer, die Bäume bilden geradezu ein Mangrovendickicht, sie scheinen ins Meer zu fallen. Irgendwann nehme ich Sie mal mit, ganz hinten auf der Halbinsel gibt es Stellen, die aussehen wie in Südamerika. Ich war noch nie in Südamerika, aber ich habe Sendungen im Fernsehen gesehen, schlammige Flüsse, die Bäume blicken matt auf das graue Wasser, hier bei uns ist es manchmal auch so, dann fühlt man sich, als könnte man seine Seele in dem Anblick verlieren, sie rutscht ohne Weiteres durch das Astwerk, durch das vielfarbige Grün, das am Wasser und den Steinmäuerchen entlangführt, die Seele ist rasch bereit, sich auf der weiten Fläche und in den steinigen Dünen zu verlieren, die nicht recht wissen, wo sie enden wollen. Man muss es verstehen, sagte ich zum Richter: Wenn man vom Meer her durch die enge Einfahrt zum Hafenbecken hindurch ist, nimmt einem nicht mehr die Weite des Ozeans oder der starke Wind den Atem, sondern eher das Brackwasser, der Schlammgeruch der Flüsse, genau, so wirkt der Grund einer Bucht. Wenn man so will, ist die Bucht dann der Ozean ohne den Ozean.

Als wir unter unserem Vordach eintrafen und angesichts unserer von der umgepflügten Erde bedeckten Einsamkeit dastanden, da sagte ich, das weiß ich noch, zu Erwan: Jetzt soll wenigstens das Gras wieder wachsen, mehr muss gar nicht sein, das Gras soll darüber wachsen. Aber bevor wir Rasen säen können, bevor wir dieses ganze Gemetzel zudecken können, müsste erst einmal aufgeräumt werden, sagte ich.

Er hatte seinen Blick unverwandt aufs offene Meer gerichtet, als benutzte er die Klippen, von denen das Hafenbecken abgeschlossen wurde, zum Zielen, er zuckte mit keiner Wimper und wendete den Kopf auch nicht einen Millimeter zu mir, er antwortete nur einfach: Ja, es gäbe da so einiges, wo man mal aufräumen müsste.

Wir standen da wie zwei Schauspieler, die einander nicht ins Gesicht zu schauen wagen, sondern lieber zum Publikum hin spielen, falls das ganze Hafenbecken denn Publikum war, als würden Wasser, Himmel und Schlamm uns mit angehaltenem Atem lauschen. Ich blickte auch aufs offene Meer, auf die jäh abfallenden Felsen, die man im Regendunst nur undeutlich erkannte, auch ich wendete den Kopf keinen Millimeter zu ihm, denn wir teilten unsere Gedanken schweigend, denn die Sprache war ein überflüssiger Luxus, denn es gab nichts mehr zu sagen, nichts mehr zu verstehen, jedenfalls solange verstehen heißt, einen ordentlichen, klaren Satz zu bauen, der »also« und »darum« enthält, doch nein, in dieser Situation bestand Verstehen eher darin, sagte ich zum Richter, tief zu spüren, hier, ja hier, und ich legte mir den Finger nicht auf das Herz, nicht an die Stirn, sondern auf den Bauch, hier, unterhalb des Solarplexus, ja, hier ist das Verstehen ein Schmerz, den die Männer, ich schwöre es Ihnen, seit der Antike verspüren, ohne dass sie sagen könnten, ob es brennt oder sticht oder zerstört.

Beide vom Wind und dem Regen benommen.

Beide immer noch das Gesicht zum Meer gewandt. Nur dass das Meer auf einmal wie eine Sackgasse wirkte. Ein paar wenige Worte konnte er dem Schweigen doch entlocken, und so fragte Erwan mich:

Und was willst du jetzt tun?

Was soll ich tun, antwortete ich. Diese Sorte Typen sind wie der Regen, man kann nichts tun außer abwarten, dass es aufhört.

Aber glauben Sie, fragte ich den Richter, dass ein Bengel von siebzehn Jahren sich so was anhört, ohne zu mucken? Nein, natürlich nicht. Er starrte weiter den Horizont an oder eher den Ort, wo der Horizont sich sonst befand, und wissen Sie, was er dann zu mir sagte, mein eigener Sohn, wissen Sie, was er sagte, er musste stundenlang voller Angst und Schmerzen in seinem Zimmer über der Frage gebrütet haben, immer noch ohne mich anzusehen, fragte er: Willst du so enden wie Le Goff?

Ich antwortete nicht. Ich konnte nicht antworten. Ich stand neben ihm wie ein unsichtbarer Schatten, ein stimmloser, schweigender Schatten, der ihn unendlich gern mit all seiner Sanftheit eingehüllt hätte, meiner Sanftheit, ja – noch heute würde ich sie gerne über ihn breiten, dieselbe Sanftheit, die sich so schlecht vereinbaren ließ mit, womit, mit seiner Wut vielleicht oder vielleicht auch seiner Angst, und ich will gern zugeben, dass ich ihn öfter hätte beruhigen müssen, öfter den Wind zum Verstummen hätte bringen müssen, der an den Fußleisten entlangpfiff, aber stattdessen, das habe ich mittlerweile begriffen, stattdessen habe ich Erwan all diese Jahre lang wie einen elektrischen Akku ununterbrochen aufgeladen.

III

In letzter Zeit habe ich Erwan oft besucht. Ich hatte viel Zeit, ihn durch die Glasscheibe im Besuchsraum zu beobachten. Die neuen Falten unter seinen Augen sind mir nicht entgangen. Ich dachte: Das ist keine Müdigkeit, er ist einfach schneller gealtert, über sein Alter hinaus, und wer ist schuld, ich. Nein. Nicht ich. Lazenec. Derselbe Lazenec, der vor Gericht gegen Erwan ausgesagt hat. Derselbe Lazenec, der gewohnt virtuos das Opfer spielte, er sagte: Frau Vorsitzende, Gewalt ist nicht die Lösung, das ist meine Devise, ich mag ja so meine Fehler haben, aber ich versuche nie, etwas mit Gewalt zu lösen.

Und dann sah ich Erwan vor der Gerichtsschranke, er sollte sich äußern. Ich werde mich immer daran erinnern, sagte ich zum Richter, wie ich den Verhandlungsraum betrat und nach Erwan in der Anklagebank suchte, er stand in Handschellen daran, lehnte sich, als wäre es der Bug eines Schiffs, an das metallene Geländer, das im Licht der Neonröhren glänzte, vielleicht noch feucht von den vorhergehenden Urteilen. Viel Publikum war gekommen und saß auf den Holzbänken, beinahe wie im Kino, und Erwan stand als Einziger im Licht, er wagte nicht, mich anzusehen. In der Rückschau wüsste ich nicht zu sagen, ob er mich in der letzten Zeit überhaupt einmal angesehen hätte, während der Stunden der Verhandlungen vor Gericht, bei all den Besuchern im Sprechzimmer in den letzten Wochen.

Und dann eröffnete die Vorsitzende Richterin oben an ihrem Tisch die Verhandlung, sie fragte mit genau diesen Worten: Erwan Kermeur, bekennen Sie sich schuldig an den Handlungen, die Ihnen zum Vorwurf gemacht werden? Und er antwortete ebenfalls sehr deutlich, sehr gesetzt: Ja, ich bekenne mich schuldig.

Und dann schilderte Erwan alles genau im Detail: wie er meinen Autoschlüssel von der Kommode im Eingang nahm und hinausging. Wie er ohne Führerschein bis zum Yachthafen fuhr und dann dort am Bauzaun parkte. Wie er um die Hangars herumging zu dem Hafenbecken, in dem die Segler und Motorboote geschützt vor Anker lagen. Geschützt war geprahlt, gebeutelt wäre zutreffender gewesen angesichts des heftigen Windes, der die Boote durchschüttelte und misshandelte. Vielleicht war es bereits Mitternacht, kein Mensch war mehr zu sehen, nur noch die den Wellen entstiegenen bösen Geister waren da, die sich auf jedem Schaumkamm vor einem aufbauen und einem Übeltaten einflüstern. Stellen Sie es sich vor, ein Novemberabend, der Wind brüllt bei Windstärke acht, nichts ist mehr in Sicherheit, das Pfeifen des Windes zischt schneller durch die Luft als ein Raubvogel, nein, kein Mensch war da, absolut niemand, sagte Erwan, denn wissen Sie, sagte er, sonst hätte ich es nicht getan.

Er öffnete das kleine Tor zum Ponton A mit dem Schild »Zutritt nur für Liegeplatzinhaber«, glitt am Geländer der Metallleiter hinab auf den Ponton. Die losen Fallen klatschten gegen die Masten, die Salings knallten aneinander. Sie kennen dieses Geräusch, nicht wahr, bei Nordwind kann man das metallische Scheppern bis hierher hören, wie ein Orchester, dem es nicht gelingt, sich zu stimmen. Und dann betrat er also die Holzbohlen des Pontons, ging an den Lichtern entlang, die auf der Seite der Laufstege angebracht sind, seine Schritte waren wohl nicht zu hören im Wüten des Windes, der zwischen den Bootsrümpfen kreiselte, und dann blieb er vor dem Merry Fisher stehen, der seit sicher zwei Monaten nicht mehr bewegt worden war, er stand da und schaute ihn an, so schilderte er selbst es der Vorsitzenden Richterin, ließ sich von den Brechern durchnässen, die trotz der Mole weiter hinten immer noch hoch genug waren.

Lange stand er da, beobachtete nur die Bewegungen des Bootes und wie es an den Tauen riss, mit denen es an den Klampen festgemacht war, hinten, vorne und auf den Seiten, ordentlich festgezurrt im Hinblick auf Tage wie diesen, wenn jeder zusätzliche Zentimeter Vertäuung dazu verhilft, dass man beim Gedanken an sein Boot dennoch gut schläft – ich jedenfalls würde, wenn es mein Boot wäre, alle Leinen verdoppeln, damit es sich auch wirklich nicht bewegt, und trotzdem würde ich noch darum beten, dass es sich nicht losreißt. Aber nun, es war ja nicht mein Boot. Sondern Lazenecs. Und ganz sicher betete Lazenec nicht intensiv genug, um einen jungen Verrückten an seinen Plänen zu hindern – da, wenigstens dieses eine Mal habe ich meinen Sohn als Verrückten bezeichnet, hier vor Ihnen, ja, es ist das erste Mal, aber Sie haben ja keine Vorstellung davon, wie gut es manchmal tun kann, so richtig über seinen Sohn zu schimpfen. Normalerweise ist es umgekehrt, normalerweise sagt man, es ist gesund, wenn Kinder über ihre Eltern schimpfen, aber in Wirklichkeit funktioniert das in beiden Richtungen, weil man so wahnsinnig an ihnen hängt, und da tut es manchmal einfach gut, sich selbst glauben zu machen, das Kind sei ein Mensch wie jeder andere und man könne vernünftig über es reden oder wenigstens über es urteilen wie über einen Unbekannten.

Nun also, der Verrückte, mein Sohn, dachte gut nach, erwog gründlich alles, was er tun würde, und dann beugte er sich über einen der Poller, ergriff das salzgetränkte Tau und begann den Knoten aufzumachen, gemächlich schob er das Ende durch die Schlinge, um die Befestigung zu lösen, langsam befreite er das Tau, das das Boot am Zurückweichen hinderte. Er sagte: Das Meer selbst hat mich aufgefordert, das zu tun, all die Wellen, die gegen unsere Küsten anrennen, all die Seile, die diesen grässlichen Merry Fisher in den harten Wellen fesselten, er war wie ein in die Box gepferchtes Wildpferd, das nichts wollte als auszubrechen, ich schwöre es Ihnen, Frau Vorsitzende, er wieherte auf dem Wasser wegen all der Bewegung, ja wirklich, Frau Vorsitzende, ich musste es tun.

Ich lauschte seiner Erzählung, und bei jedem Bild, das ganz konkret in meinem Kopf entstand, dachte ich, ich dachte, nein, das ist nicht möglich, das hat er nicht getan. Aber natürlich tat er es. Er tat es. Er bewegte sich parallel zum Rumpf weiter auf dem Ponton, nahm die anderen Taue zur Hand, an denen das Boot noch befestigt war, hockte sich neben das eine, dann neben das andere und löste sämtliche Knoten, löste sämtliche Vertäuungen, die das Boot zurückhielten, ja, er löste die Knoten, löste sie im Sturm.

Und dann war der Merry Fisher frei.

Ich stelle mir vor, dass er wie ein Irrer gegen das Holz des Pontons knallte, dass er vielleicht unschlüssig war, sollte er sich vorwärts oder rückwärts bewegen oder hüpfen, als könnte es selber, das Boot, auch nur irgendetwas entscheiden, als hätte es die geringste Entscheidungsfreiheit in die Waagschale zu werfen, aber in Wirklichkeit konnte kein Boot auf einem auch nur etwas unruhigen Meer irgendetwas entscheiden, ob es nun einem Lazenec gehörte oder sonst einem Blödmann, weder der Rumpf selbst noch die vierhundert PS in den beiden hochgeklappten Außenbordmotoren konnten entscheiden, in welche Richtung sie sich werfen ließen noch gegen welchen Felsen oder welche Mole oder welches andere Boot es zuerst krachen würde, jetzt, da es wie ein Kinderspielzeug in einer Badewanne war, in der sich sämtliche Rachegötter und Dämonen der Gerechtigkeit miteinander austobten, bald würde es an der Küste zerschmettert werden und voll Wasser laufen.

Im Gerichtssaal bereitete es mir kurz Vergnügen, Lazenec zuzusehen, wie er von der Katastrophe seines grässlichen Bootes hörte, allerdings hatte er zwei Tage später schon einen neuen Merry Fisher gekauft, genau dasselbe Modell, gekauft vom Geld eines windigen Versicherungsvertreters, den er mit Weißwein und Abalonen bewirtet haben dürfte, aber das, ich schwöre es, das zählte in diesem Moment kein bisschen, verglichen mit dem Vergnügen an Erwans Bericht, den er wie ein ungerührter Roboter erstattete und mechanisch seine Handlungen nacheinander schilderte.

Denn es gab noch mehr.

Denn Lazenecs Boot auf dem Wasser tanzen zu sehen, das genügte Erwan noch nicht, nein, er stand auf den Pontons, benommen, und der Anblick all dieser Boote, dieser arroganten, anmaßenden Luxusgefährte, weckte einen solchen Schmerz in ihm, ich weiß ja nicht, was ihn geritten hat, aber er machte eines nach dem anderen los, sämtliche Merry Fisher und Antares und wer weiß noch welche motorisierten Eierschaukeln, er arbeitete den gesamten Ponton ab, bis ganz nach hinten, dreißig Boote, eines nach dem anderen im Sturm losgemacht, ja, das tat er, und als er es vor Gericht erzählte, lächelte er fast noch darüber, dass sie wie Entenküken wirkten, sagte er, wie Entenküken in einer Badewanne knallten sie aneinander, Autoscooter, die die Freude daran entdeckten, frei aufeinander aufzufahren, alle bereit, ihrem großen Bruder nachzufolgen, der bereits gestrandet war.

Am nächsten Tag kam das auf der Titelseite der Zeitung.

Sämtliche Fernsehstationen Frankreichs brachten dieselbe Einstellung: dreißig Boote, von der Strömung an den Strand geworfen, auf einem Haufen wie bei der Schrottpresse, übereinandergetürmt je nach Kraft der Wellen. Die Schaulustigen drängten sich, um das Werk zu bewundern. Und sämtliche Augenzeugen sagten: So was haben wir noch nie gesehen. Noch nie haben wir so was gesehen.

Der Richter rührte sich nicht. Es war, als läge zwischen ihm und mir auf seinem Schreibtisch ein verkleinertes Modell der auf den Haufen geworfenen Boote.

Das stimmt, sagte ich, so was hatten wir noch nie gesehen. Aber jetzt verstehen Sie, wie die einhunderttausend Volt, mit denen ich ihn in all den Jahren aufgeladen habe, Sie verstehen, wie die sich entladen haben.

Das versuchte ich auch der Vorsitzenden Richterin zu erklären. Die Umstände. Ja, die Umstände, sagte ich. Ich will nicht versuchen, Sie zu rühren, sagte ich, aber es gab eben doch gewisse Umstände.

Jetzt klammerte ich mich meinerseits an die Metallstange, ich erinnere mich an den ersten Satz, den ich vor dem vollen Saal zu der Vorsitzenden Richterin mir gegenüber sagte, ich sagte: Frau Vorsitzende, kennen Sie die Fabeln von Jean de La Fontaine?

Sie hätte beinahe gelächelt, sagte aber nur »bitte fahren Sie fort«. Also erklärte ich es ihr. Alles, was ich wusste. Alles, was Sie jetzt wissen. Die sechs Jahre vorher. Das Schloss. Das Geld. Die Leere. Erwans Kindheit.

Sie sollen mir nur glauben, dass ich mich gut um Erwan gekümmert habe, mehr will ich nicht. In all diesen Jahren, in denen er hier bei mir wohnte, habe ich ihn nie allein durch das leere Dorf stromern lassen, nie habe ich ihn bei den gleichaltrigen Jungs an der Bushaltestelle gelassen, wo sie sich ganze Samstagnachmittage lang in dem Beton-Unterstand langweilten. Erwan nicht. Damit das nicht passiert, fuhr ich mit ihm im Auto spazieren, wir kletterten auf den Felsen herum oder gingen einfach im Hafen ein Glas trinken und nach den Booten schauen, ja, das haben wir oft gemacht, nach den

Booten an den Pontons schauen. Jetzt frage ich mich, ob das wirklich so gut war.

Ich sagte zur Vorsitzenden Richterin, ich hätte mich getäuscht, ich hätte es genau verkehrt herum angefangen, das sei wohl das Schicksal der Eltern, sagte ich, es ist wohl das Schicksal der Eltern, dass sie sich eines Tages umschauen und befürchten müssen, gescheitert zu sein. Ich weiß nicht recht, ob sie so ganz verstand, was ich meinte, zumal ich danach nichts Besseres wusste, als bedeutungsvoll zu schweigen, etwas pompös vielleicht, als wollte ich selbst meinen eigenen Sätzen nachsinnen, währenddessen suchte ich im Saal nach einem Blick, der mich unterstützte, Erwans vielleicht, oder mehr noch, ja mehr noch den von France. Sie saß kerzengerade etwas abseits von Erwan in der Anklagebank, ich stand in der Mitte – als könnten wir drei ein perfektes Dreieck bilden, mit mir als Spitze, während mir gegenüber sozusagen symmetrisch die Vorsitzende Richterin hinter ihrem Tisch saß und durch ihre Gegenwart allein wie ein kraftvoller Magnet die Spitze des Dreiecks anzog. Und ich spürte, ich musste weiterreden, damit unser Dreieck, Erwan, France und ich, damit dieses Dreieck nicht restlos verschwand.

Wissen Sie, was ich da vor Gericht, vor dem ganzen Saal am liebsten erzählt hätte? Vielleicht lag es an der metallischen Kälte der Stange, an der ich mich festhielt, dass ich am liebsten Erwan in die Augen gesehen hätte und France auch, und dazu hätte ich am liebsten von dem Tag erzählt, als ich an der Gondel des Riesenrads hing, im Leeren, Erwans Hände vor Augen, die meine Handgelenke umklammert hielten, die versuchten, meine Handgelenke zu umfassen, ja, das hätte ich am liebsten erzählt. Aber ich erzählte es nicht. Ich sagte nur: Frau Vorsitzende, in dieser ganzen Geschichte ist Erwan an gar nichts schuld – Erwan wollte mich nur vor dem Abstürzen bewahren.

Und ich bin noch nicht mal sicher, dass ich mich damit wirklich an sie wendete, denn mein Blick verließ fortwährend den Mittelpunkt und wich nach rechts aus, zu France, deren Blick mich natürlich floh, vielleicht beherrschte sie sich ja zutiefst, um mich nicht mit Schimpfworten zu bewerfen – und dabei ist es wirklich merkwürdig, wie hier im Verhandlungssaal zwei Blicke einander derart vermeiden können, beide wissen ungefähr, dass sie einander suchen, voneinander angezogen werden, als gäbe es eine fluoreszierende Linie, auf der einander zu begegnen sie sich weigern, eine Art umgekehrtes Magnetfeld, zwei Magneten, die einander abstoßen, die man aber immer wieder aufeinander zuführen möchte, genau so waren wir beide, France und ich, als würden wir die Schuld miteinander teilen und sie auf die schlichte Tatsache zurückführen, dass wir Eltern waren.

Und als am nächsten Morgen gegen Mittag das Urteil gesprochen wurde, zwei Jahre Jugendgefängnis ohne Bewährung wegen schwerem Vandalismus, Sachbeschädigung und Störung der öffentlichen Ordnung, zwei Jahre Zuchthaus, unter denen alles schwarz zu werden schien bis hin zu den Deckenbalken, da ging sie, France, sofort hinaus, als sie die Anzahl der Tage vernommen hatte, die Erwan jetzt festsitzen würde wie in einer Reuse, ich sah sie aufstehen und hinausgehen wie eine Journalistin, die nur wegen einer bestimmten Information gekommen war – so wollte sie jedenfalls wirken, nicht wie eine innerlich zerrissene Mutter, die es nicht mehr auf ihrem Stuhl hielt, außerstande, sich ihren Sohn hinter der Glasscheibe eines Besuchszimmers vorzustellen, sie wollte wirken wie eine professionell gleichgültige Journalistin bei der Arbeit, mehr nicht, um nicht hier vor allen Leuten zusammenzubrechen und »Erwan« und »Martial« schreien, wonach es ihr eigentlich dringend war.

Ein Raunen wurde im Saal laut, allgemeine Bewegung am Ende der Verhandlung, Erwan saß reglos in seinem

Abteil, umgeben von den vielen geflüsterten Kommentaren. Ich ging dann auch hinaus, und draußen in der Eingangshalle des Gerichtsgebäudes trafen wir wieder aufeinander, France und ich, unter den großen Fenstern, die aufs Meer hinausgehen. Wortlos setzten wir uns auf eine Bank, uns war nicht klar, ob das Urteil hart oder milde oder überhaupt gerecht war. France sagte nichts, sie betrachtete die abgeschabten Bodenfliesen, und dann sagte sie eben doch etwas: Du bist schuld. Nur ein einziges Mal, aber ein einziges Mal genügt, um einen Mann wie mich zu Boden zu schlagen und in ihm das Heer des Schuldbewusstseins in Bewegung zu setzen. Vielleicht dachte sie es nicht einmal wirklich, vielleicht lag es nur an ihrer Wut und Verwirrung, aber zu spät, sie hatte es eben gesagt, und seitdem ist es hier an den Wänden meines Schädels eingemeißelt, ich schwöre, als ich das hörte, war es, als würde mir die Haut vom gesamten Schädel abgerissen, als würde ich am ganzen Körper geschunden und mir würde hochprozentiger Alkohol direkt ins Hirn gegossen.

Und natürlich konnte ich ihr nicht antworten, natürlich hatte ich keine Kraft dazu, Konversation zu machen – aber wenn ich überhaupt etwas hätte sagen können, dann nur so atemlos, dass sie nicht verstanden hätte, was genau ich zu sagen hätte, sondern dass ich eben nichts sagen konnte. Ich glaube, sie hat aus diesem Schweigen einiges herausgehört.

So habe ich es zumindest gedeutet, als sie kurz darauf aufstand und im Gehen kurz zögerte – denn so etwas passiert ja immer im Gehen, als ob man schon nicht mehr da wäre und als ob dieses Beinahe-Wegsein einem erlauben würde, Dinge zu tun, die man niemals gewagt hätte, während man noch ganz da war, als würde es einem das Recht zu allen Vertraulichkeiten geben, wenn man steht, wenn der Körper sich schon in der Öffnung der großen Glastür befindet, ich spürte schon die Luft an ihrem Hals, die sie hinausrief – und da, als unsere Hände sich voneinander lösten, ja, nur unsere Hände, da dauerte das vielleicht eine Sekunde länger, ich meine, unsere Hände blieben eine Sekunde länger ineinander, und in solchen Momenten weiß man nie, was gleich passieren wird, aber ich weiß, dass wir, sie und ich, uns ein wenig fester die Hände drückten, und wir näherten uns einander, und ja, wir küssten uns, wir küssten uns lange genug, dass ich mich daran erinnerte, wie es für mich war, sie zu küssen, dann zuckte sie zusammen und tat einen Schritt zurück, und dann, dann ging sie.

Hier am Ausgang des Gerichtes, auf den wenigen Stufen draußen, die zum Hafen führten, versuchte ich Bilanz zu ziehen, wie man es manchmal im Leben so tut, wenn man versucht, sämtliche Koordinaten in den Blick zu fassen, wie wenn man auf einer Seekarte mit dem Zirkel die Entfernung zu den Landmarken abgreift und mit dem Bleistift ein kleines Kreuz auf die Karte setzt, »aha, hier bin ich also«. Nur dass die Landmarken jetzt eben nicht mehr in Form von Kirchen oder Wassertürmen zur Orientierung über dem Ozean aufragten, sondern eher trockene, einzelne Sätze, sich entfernende Gesichter, ein »du bist schuld« oder ein »Ihr Sohn«. Ich erinnere mich an eine Möwe, die da saß, an das Meer, das sich heiter vor uns erstreckte. Dann kam auch Erwan mit gesenktem Kopf aus dem Gerichtsgebäude, die Polizisten schoben ihn in den Wagen, der ihn ins Gefängnis zurückbrachte, wo er jetzt wohnte.

Ich schaute dem Wagen nach, sein Nacken war nur undeutlich durch die Rückscheibe erkennbar, ich dachte immer wieder: Da stimmt etwas nicht, irgendetwas in diesem Leben läuft vollkommen verkehrt. In einer normalen Welt müsste ich doch dort sitzen, hinten in einer weißen Limousine mit der Aufschrift »Polizei«, nicht Erwan, nicht mein siebzehnjähriger Sohn.

Genau hier war das, Herr Richter, hier im Gebäude, ein paar Etagen unter uns. Als würde von Anfang an alles hier zusammenlaufen, ich weiß nicht, wie auf einem Gemälde, das einen, egal aus welcher Richtung man es anschaut, immer in sein Zentrum saugt, als würde mich ein Licht anlocken und immer wieder hierher bringen. Vielleicht sind ja Sie dieses Licht, sagte ich zum Richter, vielleicht locken Sie meine Erinnerungen an und lassen sie in mir kreisen wie die Ringe des Saturns.

Ja, vielleicht, sagte der Richter, vielleicht.

Wissen Sie, ich glaube, dieses Gebäude erinnert sich an alles. Ich glaube, es umschließt sämtliche Verhandlungen und Urteile der Welt, schweigend, methodisch, es speichert sie für Jahrhunderte in seiner Tiefe. Ich glaube, eines Tages, wenn es einstürzt, dann wird dieses Gebäude sämtliches Unrecht der Welt ausspucken, alles auf einmal, und es wird sich wie schwarzer Staub über die Städte der Zukunft verbreiten. Das Problem ist nur, sagte ich zum Richter, dass ich dann nicht mehr da bin, um es zu sehen. Weder ich noch sonst jemand, der in dieser Geschichte mitgespielt hat. Und Lazenec schon gar nicht.

Sie verstehen, man kann nicht immer jahrhundertelang darauf warten, dass irgendeine natürliche Gerechtigkeit eintritt, die es vielleicht überhaupt nie geben wird.

Und dann kam auch Lazenec heraus, von Journalisten umringt, die eine Stellungnahme von ihm haben wollten, sie hielten ihm die Mikros vor den stummen Mund, und vielleicht dachten die Journalisten ja dasselbe wie ich, dass dies eine verkehrte Welt war, dass der Einzige, der mit Blaulicht weggebracht gehörte, er war, Lazenec. Er ging dicht an mir vorbei, sah mich aber nicht. Ich schaute ihm nach, er ging zu seinem Wagen auf dem Parkplatz gegenüber, und ich dachte, ich würde ihn nie wiedersehen.

Klarer Irrtum, sagte ich zum Richter.

Ein Typ wie der, Herr Richter, so ein Typ wie der, das habe ich inzwischen begriffen: So einer verschwindet nie, Sie müssen schon selbst dafür sorgen. Sonst kommt der zurück. Immer wieder. Letztlich ist zurückkommen das Einzige, was der kann, verduften natürlich auch, aber dann zurückkommen, geduckt im Schatten einer Uhr, die eher Wochen anzeigt als Stunden, vielleicht wartet er ab, bis unser Zorn verraucht, bis die üblen zergrübelten Nächte vorüber sind, in denen ich denke, Erwan hätte sich vielleicht besser etwas anderes vorgenommen als sein Boot. Heute könnte ich nicht mehr sagen, wie viele Tage oder Wochen verstrichen, und auch nicht, wie oft ich Erwan mittwochnachmittags im Zuchthaus besucht habe, aber ich weiß, dass während dieser halben Stunde pro Woche, in der wir einander gegenübersaßen, es immer so war, als würden die hunderttausend Volt weiter in ihm vibrieren, und jetzt nahm ich sie allmählich zurück, jetzt füllte ich mich regelrecht mit Erwans ganzer schwarzer Energie auf, und bald, ja bald würde ich meinerseits geladen genug sein, um die Dinge zurechtzurücken.

Doch dann rutschen die Tage weg und zersetzen sich wie Schwemmgut, das den Strom verlangsamt. Dann wird diese bittere und nervöse und schlaflose Zeit glatt und schimmernd wie ein Teppich aus Kieseln am Ufer. Und diesen Moment passt er ab für seine Rückkehr, als wäre nichts zu Ende gewesen, als könnte niemals irgendwas zu Ende gehen, weil nichts je begonnen hätte, verstehen Sie?

Lazenec klingelte bei mir, einfach so.

Drei Monate vielleicht. Er hat drei Monate durchgehalten, ohne dass man ihm irgendwo im Ort auf der Straße über den Weg lief oder er seine zwei Hektar Dreck inspizierte. Nach nur drei Monaten klingelte der an meiner Tür.

Und was für ein Gehirn brauchen wir, sagte ich zum Richter, was für ein Gehirn brauchen wir normalen Menschen, um zuzugeben, dass es auf Erden eine solche Kategorie von Leuten gibt, denen diese Sache völlig abgeht, etwas, sagte ich zum Richter, das uns ganz sicher gemein ist, etwas, das uns üblicherweise zurückhält oder hindert, etwas – ein Gewissen vielleicht, etwas, das wohl recht schnell entsteht, solange man diesen schlecht befestigten Spiegel im Kopf hat, der dafür sorgt, dass sogar Adam sich mit einem Feigenblatt bedeckt hat, etwas, das uns behindert, ja, und vielleicht aber auch zur Ehre gereicht. Und manchen fehlt dieses Etwas eben, wie andere mit nur einem Arm geboren werden oder ohne, ich weiß nicht, ohne …

Und der Richter sagte: Menschlichkeit?

Ja, vielleicht ist es im Grunde das, Menschlichkeit.

So, und der Kerl, der Le Goff auf dem Gewissen hatte und Erwan auf dem Gewissen hatte, der Kerl, der mich auf dem Gewissen hatte, eben dieser Kerl kreuzt an meiner Tür auf und tut wie ein ganz normaler Nachbar, der aus Höflichkeit mal vorbeischaut, oder ich weiß nicht, aus Gedächtnisverlust heraus vielleicht die Vergangenheit lackieren will wie ein rissig gewordenes Parkett, und pflichtschuldigst sagt: Das mit Erwan tut mir wirklich furchtbar leid.

Ich glaube, mir fiel dazu nichts zu sagen ein, gar nichts.

Falls ich Ihnen irgendwie behilflich sein kann, meinte er noch.

Nein, sagte ich, ich denke nicht.

Und er setzte zu einer kurzen Drehung an wie einer, der kurz vor dem Aufbruch ist, aber schon weiß, er geht erst, wenn er sein Vorhaben ganz verwirklicht hat, er hielt in der Bewegung inne, wandte mir den Kopf zu und sagte: Wenn Sie demnächst mal Lust dazu haben sollten, könnten wir zusammen zum Angeln rausfahren.

Wie bitte?, fragte ich.

Ich kann Sie mitnehmen, erklärte er. Und dann fügte er hinzu: Ich bin nicht nachtragend.

Hören Sie sich das an, sagte ich zum Richter. Genau das sagte er: Ich bin nicht nachtragend. Fünfhundertundzwölftausend Franc, und er ist nicht nachtragend. Was soll einer wie ich darauf antworten? Diese Leute umstricken die Welt um sie herum mit einer derartigen

Schwärze oder Schädlichkeit oder Bösartigkeit, dass ich Ihnen nicht mal erklären könnte, wie sie das schaffen, aber sie nehmen den anderen den letzten Rest an Würde oder ganz einfach an Logik.

Denn stellen Sie sich vor – ich sagte Ja.

Den Rest kennen Sie.

Den Rest haben die Strömungen geschrieben, die die Ertrunkenen an die Küste spülen. Sie können es vorsätzlichen Totschlag nennen, oder ich weiß nicht, welcher Begriff so etwas in einer normalen Sprache ausdrückt, aber nach dem, was ich getan habe, Herr Richter, empfinde ich mich nicht als Mörder, denn was ich getan habe: Ich habe ihn beseitigt, Sie verstehen, beseitigt wie eine Warze, die man verödet, um die Haut zu heilen, und die Haut ist hier unsere Stadt, und es gibt einfach einen Moment, da muss man imstande sein, das Übel mit der Wurzel auszureißen. Ich habe es um des Gemeinwohles willen getan.

Jetzt schien die Sonne durchkommen zu wollen, vielleicht mit dem Gezeitenwechsel um siebzehn Uhr. Wenn die Tide umspringt, ändert sich hier oft das Wetter, und es kommt vor, dass es um siebzehn Uhr herum aufklart, jedenfalls kriegen wir hier die Sonne eher am Nachmittag als am Vormittag zu sehen, es ist unerklärlich, aber so ist es.

Außerdem habe ich ihn nicht wirklich umgebracht: Für seine physische Vernichtung hat das Meer sehr viel besser zu sorgen vermocht als ich, aber Recht und Gerechtigkeit, sagte ich zum Richter, darum müssen sich dann die Menschen kümmern.

Tatsache ist aber, dass er tot ist, sprach der Richter weiter. Und Tatsache ist, dass Sie es sind, der hier vor mir sitzt.

Was wollen Sie damit sagen?

Nicht dem Meer oder dem Nebel würde der Prozess gemacht werden, sondern Ihnen.

Ja. Und? Da kann ich ja wohl nichts dran machen.

Niemand darf das Gesetz missachten, sagte der Richter.

Nein, natürlich nicht, sagte ich, niemand darf das Gesetz missachten. Wenn man es aus den Augen verlieren, wenn man alle Gesetzbücher abschaffen würde, dann würde alles zusammenbrechen, nicht wahr? Und Sie könnten Ihre ganzen Bücher da im Regal aus dem Fenster werfen. Ein bisschen Glück, und Sie könnten zusehen, wie sie im Hafenbecken treiben. Ein bisschen Glück, und die Fische würden sie studieren. Aber das sehen Sie sicher ähnlich wie ich, Fische und Algen haben es nicht nötig, solche Bücher zu lesen, denn mit den Gesetzen, die für sie gelten, sind sie durchaus vertraut.

Wieder gab es eine Pause, dann fragte ich:

Wird es mich teuer zu stehen kommen?

Ich weiß nicht, sagte er.

Sie wissen es nicht?

Nein, es kommt drauf an.

Worauf denn?

Auf mich.

Und unvermittelt sprang er auf, als würde es ihn nicht mehr an seinem Platz halten oder als wollte er seinem Richterstuhl entkommen, er ging zum Fenster, die Hände hatte er in die Taschen gesteckt, und als er sich dann umdrehte, sagte er nach einem vielleicht letzten Zögern wie fragend, er sagte:

Im Grunde könnte dieser Sturz ins Wasser ja auch ganz einfach ein Unfall gewesen sein.

Ich runzelte die Augenbrauen, versuchte zu verstehen, was er damit sagen wollte, das heißt, was er damit sagen wollte, hatte ich durchaus verstanden, aber vielleicht nicht als ordentlichen, logisch aufgebauten Satz, sondern eher etwas wie einen Kugelblitz, der quer durch mein Hirn schoss und nicht recht wusste, wo an der Schädelwand er sich festsetzen sollte. Und es war ein seltsamer Anblick, wie dieser Richter den Blick senkte und mit dem Ende seiner Krawatte spielte, noch war nicht recht zu sagen, war es der Stolz dessen, der sämtliche Fäden in der Hand hält, oder Verlegenheit, weil er möglicherweise das Recht beugte, also meinte ich nur:

Herr Richter, das finde ich jetzt nicht lustig.

Aber wie er dastand, sich jetzt das Kinn rieb und die Stille andauern ließ, da begriff ich, er machte keine Scherze.

Aber ich hätte doch mindestens die Seenotrettung verständigen oder, ich weiß nicht, sofort zur Hafendirektion gehen müssen, also ein Unfall, Herr Richter, Sie wissen selbst, dass vieles gegen mich spricht …

Aber der Richter hörte mir nicht mehr zu. Jetzt hatte er eines der roten Bücher von seinem Schreibtisch genommen und hielt es aufgeschlagen vor sich hin, als wären Gesetzbücher das Einzige, was jetzt den Ausschlag geben könnte, als hätte ich alles, was ich in den vergangenen langen Stunden hier auf meinem Stuhl gesagt hatte, alles, was ich jetzt sagte, um Licht in den sich neigenden Tag zu bringen, nicht einem Richter anvertraut oder es in die Raumluft eines Gerichtsgebäudes gesprochen, sondern als hätte jeder Satz nur darauf gewartet, es sich hier, auf den dünnen Bibelpapierseiten eines Gesetzbuchs, gemütlich zu machen.

Und im leisen Geraschel des Papiers fand der Richter die gesuchte Seite, ließ den Finger darüberwandern, hielt inne, also den Finger, und sagte: Dann hören Sie mal gut zu, Kermeur, hören Sie gut zu, vielleicht wird es dann ein bisschen klarer.

Ruhig und deutlich las er mit lauter Stimme vor, als stünde er vor einer ganzen Versammlung oder als sollte ich jeden einzelnen Satz auswendig lernen, und ich hörte ihm zu:

»Paragraph 353 der Strafprozessordnung: Das Gesetz fordert vom zuständigen Richter keine Rechenschaft darüber, mit welchen Mitteln er zu seiner Überzeugung gelangt ist, noch gibt es Regeln vor, von denen die Gültigkeit und Triftigkeit eines Beweises abzuhängen hat; es gibt ihm auf, in Stille und Sammlung sein Gewissen zu erforschen und es danach zu befragen, welchen Eindruck die gegen den Angeklagten vorgebrachten und zu seiner Verteidigung vorgelegten Beweise auf seine Urteilskraft gemacht haben. Das Gesetz stellt ihm nur eine einzige Frage, aus der das Ausmaß seiner Pflichten deutlich wird: Sind Sie innerlich zutiefst überzeugt?«

Ja, oft, wenn ich vom Küchenfenster aus aufs Wasser blicke und die freie Luft des Meeres atme, das sich schräg unter mir erstreckt, dann sage ich mir laut diese Zeilen auf, Paragraph 353 der Strafprozessordnung, wie einen von Gott selbst diktierten Psalm aus der Bibel, die Stimme des Richters tönt mir dabei noch in den Ohren und wie er mich unverwandter anschaut als je und sagt, ein Unfall, Kermeur, ein bedauerlicher Unfall.

Tanguy Viel bei Wagenbach

Das Mädchen, das man ruft *Roman*

Max Le Corre war in jüngeren Jahren ein bekannter Boxer. Heute arbeitet er als Chauffeur, und eines Tages wagt er es, den Bürgermeister um einen kleinen Gefallen für seine Tochter Laura zu bitten.
Aus dem Französischen von Hinrich Schmidt-Henkel
Quart*buch*. Gebunden mit Schutzumschlag. 176 Seiten

Das Verschwinden des Jim Sullivan *Ein amerikanischer Roman*

Das Leben war schon mal netter zu Dwayne Koster, und so besieht er sich die Welt nun vorzugsweise von seinem Wagen aus und hört dabei Musik von Jim Sullivan. Eine hochkomische Parodie ebenso wie eine Hommage an den amerikanischen Roman.
Aus dem Französischen von Hinrich Schmidt-Henkel
Quart*buch*. Gebunden mit Schutzumschlag. 128 Seiten

Paris – Brest *Roman*

Nicht immer sind Familien Orte der Geborgenheit und Liebe … Dieser Roman handelt von einer bretonischen Sippe, in der keiner keinem traut. Und zwar aus gutem Grund. Ein meisterhafter, Familienkrimi.
Aus dem Französischen von Hinrich Schmidt-Henkel
Quart*buch*. Gebunden mit Schutzumschlag. 144 Seiten

Unverdächtig *Roman*

Tanguy Viel erzählt virtuos von einer bodenlosen Gemeinheit. Er hypnotisiert seine Leser und legt sie dabei in aller Ruhe aufs Kreuz. Ein großes Talent aus Frankreich!
Aus dem Französischen von Hinrich Schmidt-Henkel
Quart*buch*. Gebunden mit Schutzumschlag. 128 Seiten

Das absolut perfekte Verbrechen *Roman*

In einer nordfranzösischen Hafenstadt plant die örtliche Gaunerbande den Überfall auf das Casino. Der Plan ist ebenso verrückt wie perfekt. Ein Roman über den alten Traum vom großen Glück.
Aus dem Französischen von Hinrich Schmidt-Henkel
WAT 684. Broschur. 144 Seiten

Französische Literatur bei Wagenbach

Tristan Garcia   Das Siebte   *Roman*

An seinem siebten Geburtstag soll eigentlich das Nasenbluten beginnen, doch nichts passiert. Er glaubte sich in einer endlosen Zeitschleife gefangen und begreift nun, dass er sterblich geworden ist. Das siebte ist sein letztes Leben.

Aus dem Französischen von Birgit Leib
Quart*buch*. Gebunden mit Schutzumschlag. 304 Seiten

Julia Deck   Privateigentum   *Roman*

Sie sind seit dreißig Jahren verheiratet und soeben umgezogen. Außerhalb von Paris haben die Urbanistin und ihr depressiver Gatte endlich ein hochmodernes Eigenheim erworben. Auch die neuen Nachbarn sind überglücklich. Und alle merken zu spät, dass ihre blitzsaubere Ökosiedlung in einer Sackgasse liegt ...

Aus dem Französischen von Antje Peter
S*V*LTO. Rotes Leinen. Fadengeheftet. 144 Seiten

Boris Vian   Die Gischt der Tage   *Roman*

Chloé liebt Colin, Colin liebt Chloé. Und doch überleben die beiden ihr eigenes Glück nicht. Ein Klassiker von phantastischer Poesie, eine Geschichte über Liebe und Tod, ein Buch, das selbst längst unsterblich ist und sich in dieser wunderbaren Neuübersetzung liest wie ganz neu erfunden.

Aus dem Französischen neu übersetzt und mit einem Nachwort von Frank Heibert
Oktav*heft*[8]. Elegante Klappenbroschur. 232 Seiten

Anonym   Das Sägewerk   *Roman*

Er steht vor Morgengrauen auf und fährt mit dem Fahrrad zum Sägewerk, bei jedem Wetter. Eine Maske aus Sägemehl und Schweiß auf der Haut wiederholt er dort täglich die gleichen Gesten. Seine Kollegen sind hart, die Verletzungsgefahr ist allgegenwärtig, doch er wird nicht aufgeben.

Aus dem Französischen von Konstantin Meisel
WAT 832. Broschur. 160 Seiten

Französische Literatur bei Wagenbach

Vincent Almendros   Ins Schwarze   *Ein Sommerkrimi*
Der Abend ist schwül, die Straße leer. Es dunkelt. Die Strecke zieht sich. Widerwillig fährt Laurent zur Hochzeit einer Cousine in sein Heimatdorf. Begleitet von Claire, die er als Constance vorstellen wird. Er wird sie alle wiedersehen. Oder vielmehr alle, die noch übrig sind.
Aus dem Französischen von Till Bardoux
SVLTO. Rotes Leinen. Fadengeheftet. 120 Seiten

Paris   *Eine literarische Einladung*
Paris: Stadt der Liebe und Literatur. Dieser Band lädt ein zu literarischen Spaziergängen durch die Metropole an der Seine. Zeitgenössische Texte; viele erstmals übersetzt; erzählen Geschichten von Orten, Menschen und der Pariser Lebensart.
Herausgegeben von Annette Wassermann und Karin Uttendörfer
SVLTO. Rotes Leinen. Fadengeheftet. 144 Seiten mit Illustrationen von Franziska Neubert

Françoise Sagan   Ein gewisses Lächeln   *Roman*
»Und wenn schon. Ich war eine Frau, die einen Mann geliebt hatte. Eine simple Geschichte und kein Grund, sich aufzuspielen.«
Aus dem Französischen von Helga Treichl
WAT 668. Broschur. 144 Seiten

Madeleine Bourdouxhe   Auf der Suche nach Marie   *Roman*
Marie ist auf der Suche nach Marie. Ihre Ehe mit Jean wirkt zwar makellos, doch glücklich ist sie längst nicht mehr. Es muss etwas geschehen, und es geschieht! Ein aufregender Roman, der das Begehren feiert.
Aus dem Französischen von Monika Schlitzer
Mit einem Nachwort von Faith Evans
WAT 793. Broschur. 192 Seiten

Literatur bei Wagenbach

Matthias Lohre   Der kühnste Plan seit Menschen-gedenken   *Roman*
Er ist höflich und voller Pläne, sie direkt und voller Zweifel. Irene und Herman begegnen sich 1925 auf einem Überseedampfer, verlieben sich in New York und kämpfen bald in Europa für einen gigantischen Plan. Sie wollen die Welt retten – durch das Absenken des Mittelmeers.
Quart*buch*. Gebunden mit Schutzumschlag. 480 Seiten

Deb Olin Unferth   Happy Green Family   *Roman*
Eine akribische Betriebsprüferin, eine desillusionierte Halbwaise, 421 vegane Extremisten, 60 Laster und 900 000 mürrische Legehennen, die auf ihre Befreiung warten. In sechs gigantischen Käfigscheunen … oder doch sieben?
Aus dem amerikanischen Englisch von Barbara Schaden
Quart*buch*. Klappenbroschur. 288 Seiten

Kathy Page   Alphabet   *Roman*
Simon Austen ist ebenso charmant und verführerisch wie undurchschaubar und manipulativ. Eine tickende Zeitbombe. Er durchbricht die Monotonie seiner Haft, indem er endlich Lesen und Schreiben lernt und mit seiner Therapeutin Spielchen treibt. Dabei überschreitet er immer wieder Grenzen.
Aus dem Englischen von Beatrice Faßbender
Quart*buch*. Gebunden mit Schutzumschlag. 320 Seiten

Claudia Petrucci   Die Übung   *Roman*
Giorgia ist wieder ganz sie selbst. Nur manchmal macht sie Fehler, merkwürdige Dinge, die nicht im Skript stehen. Vielleicht müssen wir sie doch noch einmal schreiben … Ein abgründiger Roman über brüchige Identitäten, männlichen Größenwahn und die durchlässige Grenze zwischen Liebe und Manipulation.
Aus dem Italienischen von Mirjam Bitter
Quart*buch*. Gebunden mit Schutzumschlag. 304 Seiten

Literatur bei Wagenbach

Mireille Gagné   Häsin in der Grube   *Roman*

Der Schneeschuhhase kann sich unsichtbar machen: Sein Fell ist im Sommer rotbraun, im Winter schlohweiß. Er schläft kaum, kann aus dem Stand drei Meter weit springen, bis zu 80 km/h schnell rennen und naturgemäß hakenschlagend seine Verfolger abhängen. So müsste man sein, denkt sich Diane an ihrem Schreibtisch und trifft eine Entscheidung.

Aus dem kanadischen Französisch von Birgit Leib
SVLTO. Rotes Leinen. Fadengeheftet. 120 Seiten

Giulia Caminito   Ein Tag wird kommen   *Roman*

Eine italienische Familiengeschichte in Zeiten des aufkeimenden Faschismus, ein politischer Roman über Schuld und Anarchie, Widerstand und unverwüstliche Hoffnung – in einer Sprache, so zärtlich-rau wie die Liebe zwischen zwei Brüdern.

Aus dem Italienischen von Barbara Kleiner
Quart*buch*. Gebunden mit Schutzumschlag. 272 Seiten

Eva Roman   Pax   *Roman*

Was es bedeutet, aneinander zu hängen und voneinander abzuhängen: Nachdem seine Eltern verschwunden sind, wird Pax von Tante Beatrix adoptiert. Unter den Blicken der Nachbarn, Mitschüler und Kollegen verzahnen sich Tante und Neffe förmlich, doch die Leerstellen zwischen ihnen wachsen mit der vergehenden Zeit.

Quart*buch*. Klappenbroschur. 240 Seiten

Wenn Sie mehr über den Verlag und seine Bücher wissen möchten, schreiben Sie uns eine Postkarte oder elektronische Nachricht (mit Anschrift und E-Mail). Wir informieren Sie dann regelmäßig über unser Programm und unsere Veranstaltungen.

Verlag Klaus Wagenbach   Emser Straße 40/41   10719 Berlin
www.wagenbach.de   vertrieb@wagenbach.de